目以成吗

邱晓兰 ——

著

海峡出版发行集团 | 海峡文艺出版社

图书在版编目(CIP)数据

且听风吟/邱晓兰著. —福州:海峡文艺出版社,
2024.5
ISBN 978-7-5550-3300-4

Ⅰ.①且… Ⅱ.①邱… Ⅲ.①短篇小说—小说集
—中国—当代 Ⅳ.①I247.7

中国国家版本馆 CIP 数据核字(2024)第 050395 号

且听风吟

邱晓兰　著

出 版 人　林　滨
责任编辑　刘徐霖
出版发行　海峡文艺出版社
经　　销　福建新华发行(集团)有限责任公司
社　　址　福州市东水路 76 号 14 层
发 行 部　0591－87536797
印　　刷　廊坊市海涛印刷有限公司
厂　　址　廊坊市安次区码头镇金官屯村
开　　本　880 毫米×1194 毫米　1/32
字　　数　120 千字
印　　张　9.125
版　　次　2024 年 5 月第 1 版
印　　次　2024 年 5 月第 1 次印刷
书　　号　ISBN 978-7-5550-3300-4
定　　价　78.00 元

如发现印装质量问题,请寄承印厂调换

■ 芝兰幽香萦芳心，且听风吟绕清韵

——邱晓兰绝句小说集《且听风吟》序

部编版的小学课本上有苏轼的七言绝句一首："水光潋滟晴方好，山色空蒙雨亦奇。欲把西湖比西子，淡妆浓抹总相宜。"每每回味这首诗，我就想，若把绝句小说比作绝色女子，不也正是"淡妆浓抹总相宜"吗?

新近创立的绝句小说新文体，一如拂晓的芷兰，卓然群芳，丽蕊吐艳，幽然绽放，馨香沁远。每每赏悦这种境界，我就想，这与绝句小说新文体创立者之一的绝句小说新文体的执行会长兼会长助理邱晓兰小妹又是何等的恰切与吻合!

邱晓兰，笔名紫橙，绝句小说新文体的元勋骨干、初始实践者、开拓推广者。尽管在绝句小说新文体创立七八年的风雨行程中，我和紫橙小妹还没有见过面，但在我们的绝句小说新文体交流群上、在众多书报刊上看到过小妹的玉照，以及玉照中秀发黛眉间氤氲着的清丽与旖旎。有时候，我就觉着紫橙小妹就是绝句小说新文体的化身，绝句小说新文体就是紫橙小妹的化身。这种感觉很美妙，也很诗情画意，也很绝句小说。

说过紫橙小妹，再说绝句小说新文体。

绝句小说新文体是小说格式的诗化撰述，小说中的"绝句"。相对于小小说、微小说来说，绝句小说是一种全新的文体（函括诸如"诗化小说""诗小说""小说诗"的类似概念，但又有着独立文体的六大特征），其基本特点和最大区别，就在于，字里行间具有绝句风格的节奏感、韵律感和隽绝感。其特征不仅仅是精短的文体、精绝的句式，还务必具有内在的音韵美和节律感。换个角度说，其他小说文体与绝句小说文体的区别，就像散文和散文诗的区别一样。

而基于本序首段名诗名句的意象与理念，再换个角度说，绝句小说与其他小说的区别，就像绝色佳人与一般女子的区别一样。

紫橙小妹，2018年曾经付梓过一本《邱晓兰绝句小说集萃》，那是江西玉山图书馆和玉山档案馆作为文学资料征集馆藏的一本史料性的册页，是当年她在《微型小说月报》《山东文学》《星星》等报刊发表的180篇绝句小说，是江西玉山图书馆和玉山档案馆收藏的她三年期间在国内外发表的绝句小说作品的集成与集藏。

那个册页的封面是我设计的，册页名称也是我题写的。那个封皮的设计理念是，册页名称就像是挂在墙上的牌匾，而她本人正坐在楼梯上观赏遐思。那不是通常的书籍的封面，而是发表作品的合辑，是图书馆的集成藏品，总得装订一下，那就是"封皮"。

何况她那张照片的墙壁不够美观，不把题字设计成牌匾悬挂起来，就像"写"到斑驳的墙壁上了。而构图设计之后，画面影像叠错与集萃吻合，边框颜色与底片颜色也特别搭配。那个时候，我就感觉，紫橙小妹是绝句小说的紫橙，绝句小说是紫橙的绝句小说。

又是五年过后，紫橙小妹在《微型小说月报》《山东文学》《星星诗刊》《星火》《新青年》《椰城》《北极光》《散文诗》等200余家国内外报刊发表的绝句小说已经累计275篇，而且这些发表的绝句小说作品还多有在海内外获奖的篇目。且有多篇入选《华文作家海外大学生（大一）读本》等教材。

现在她的这275篇绝句小说就要正式出版了，从馆藏资料到出版发行，无疑是一次质的蜕变和量的飞跃。而恰到好处、恰如其分的书名又如此地洋洋盈耳、赏心悦目，平添不少韵致与韵味。

赏读玉山紫橙，芝兰幽香萦芳心；历阅绝句小说，且听风吟绕清韵。

纪广洋

2023.7.25

■目 录

■ 琴声悠悠

蕙风拂掠，琴声悠悠，细雨如丝缠绕成他眉峰凝蹙的牵愁。

谷雨纷扬记忆的怊惆。他俩在灵山诗会邂逅，她被列入诵读名单，他弹琴伴奏。一曲《天长地久》，时而潺湲如泉流，时而湍急如瀑飔；时而清脆如珠漏，时而低回如呢啾。琴声跌宕将诗的意境诠释通透。

夕晖煦暖武夷慢村的清幽，他紧皱眉头，琴声依旧，弹不尽千丝万缕的情忧。翩跹的油纸伞宛若振翼的鹭鸥，如梦似幻的旗袍秀缭乱他潭眸。袅娜的倩影在他身畔片刻逗留，熟悉的眍瞜，颤动的琴弦起伏雀跃的惊响。

茶香醇厚，他频频为她提壶执盏倾尽一腔情柔。她呷茶入喉，怅憾难酬："有你这个好友足够。"

夜色氤氲别离的路口，他紧握她的手，欲诉还休："期待能为你独弹一首。"

她的司机对他怒目狠瞅。

■ 甜糯的爱恋

月色投影他串门的脚步，甜糯玉米挂满她檐廊梁柱。

笃笃，他轻敲她窗户，阵阵玉米香袅逸瓦宇。她是教师，他是杨坞驻村干部，他俩邂逅湿漉的山谷。数日暴雨如注，塌陷的泥石阻塞学生的归途，她望着雨帘愁眉紧蹙。他毅然发动村民冒雨修路，竭力搬石铲土。

山区的萤光划破夜幕透着孤独。他向她借书还书，频频接触，儒雅的侃谈撩动她尘封的心愫，娇妍的面庞绯红他脉脉含情的倾吐。相见恨晚的眷恋欢逐日出迟暮，他最爱吃的甜糯玉米她时常亨煮。滚烫的情感在土炕上翻腾爱的深度。

初雪翩舞梦的花簇，一纸调令他隐没得突兀。

春芽复苏，她的爱蓬勃如故："你在何处？还想吃我煮的甜糯玉米不？"他终于回复："我正在市区看房购屋，甜糯的爱恋需要常吃常住。"

■ 冰冷的麻花

冷风凌乱阿姨稀疏的鬓发，别离的背影摇曳纷沓。他南下的行囊装不完叮咛和牵挂。

"你还有麻花忘记拿。"她踯躅火车站话音喑哑。

"算啦！"难掩车厢内的嘈杂。

记忆倾轧。飓风暴雨狂卷山洼，父母在泥石流中不幸被埋，他在阿姨麻花坊里跌倒滚爬慢慢长大。阿姨一头挑着麻花叫卖，一头挑着他，走过一个个风雨春夏。

一曲幽婉的情叹调和着弹乱的琵琶，氤氲城市跌宕的繁华。他就职酒吧，独特的调酒秘技缔造梦的童话，业绩数倍递加。几度过年加班没空返家，阿姨总寄来他最爱吃的麻花。

又一年春雪飘撒，他打不通她的电话，执一厢牵念毅然告假。小院杂草萋萋，邻居大妈潸然泪下："这是你姨留下的麻花做法和银行卡。"

乌鸦在他头顶凄喳，他轻抚遗像，号啕泪洒。

■ 半块月形玉佩

_____

　　雪花漫天盘旋，玉凝虬枝梅红点点，他调焦拍摄毛村旖旎的画面。

　　突然，一袭红霓挥洒冒烟的水杯甩出弧形冰雾如梦似幻，他咔嚓定格瞬间殊观。她朝他打手势急眼："不许拍我的脸。""没拍到。"他灿然。半块月形玉佩轻颤她胸前，像他妹的那半块玉佩，他惊颤。

　　岁月长卷在冷风中翻掀。他父母在行政机关，计划生育严，妹出生时妈把半块月形玉佩挂她粉脖连夜抱远，数次寻觅养家失联，十几年不见。雪花片片冰冻牵念，妈辗转失眠几度昏眩。

　　雾岚穿透冰寒渐渐消散，他趋步上前搭讪。她长得美艳却发音不全，百般诠释才让他进小院，她养母泪潜。她周岁时高烧不退，差点撒手人寰。临别时，她将泪痕擦干，让他拍照给妈看，玉佩晃动月形的残欢。

　　雪印深深浅浅，他脚步蹒跚。

■ 红色绶带

奖杯游离透明期待，红色绶带悠荡澜卷的心海。

艺术中心，霓射舞台，隆重的颁奖典礼在此彩排。她如一朵飘浮的云彩从后台碎步走来，步态轻盈秀迈。

"重来……"他头戴耳麦，对她示意，她紧蹙娥黛，数遍徘徊，调皮的麻花辫不停晃摆，倔强的娇容掩不住清哀。她是他音乐学院的学妹，他写她唱，素笺撰摹出斑斓异彩。个子太矮成为他父母不可逾越的隔碍。他说很无奈，她的爱跌落尘埃。

全国青年歌手红歌大赛，他力邀父母观看，她云髻高绾，娉婷出场，婉转的高音倾透无尽的深情如天籁徘徊。她拨开层层雾霭，斩获头奖紧拽红色绶带，万千感慨。

岁月清唱，季季独白，又是一季花开。"我父母已释怀！"他灿笑奔来。"但我已另有所爱……"她泪滚粉腮。

■ 朱砂石项链

琳琅的书山跌宕盈盈的眸潭，一挂朱砂石项链悬荡她颈脖中耀眼。

枯柳逢春萌生新叶瓣瓣，"最美读者"在新华书店拍摄视频照片。她摆拍连连，项链在锦衣围缎间忽隐忽现。

"换一件！"他是电视台总监，不厌其烦地一遍遍指点，无言的默契滋生别样的情愫隐匿镜头取景间。他深眸幽闪，临走赠她名片："上面有我通联。"

夜色缱绻梦的无眠。她整理衣物时朱砂石项链遍寻不见，急找他名片加友查看，他灿笑坦然："项链遗落我包，何时见面？"诙谐的话语旖旎梦的醋甜。

杏花河畔，波光潋滟倒影一圈圈。他取出玉石项链一串却非朱砂石项链，她眸含幽怨："竟敢欺骗！"说完，转身跑远。

翠荷舒展心念。她点开拉黑键，他喟叹："玉石项链只是试探，最美读者，果真名不虚传。"

且听风吟

■ 古铜钥匙

冷风拂卷落叶漫天横飞，他从部队急归。

雨低泣哀悲。他在父母灵前祭跪，心碎。表妹涕泪："姑父叫我把古铜钥匙亲自交给。"他父母经营药房蹈矩循规，突然双双遇害，他辗转夜的无寐，组织派他查清原委。

夕晖斜照药房空幻成迷离的谲瑰，痛沁他的心扉。夜色深邃，他昏昏欲睡，朦胧中有黑影潜入翻箱倒柜，他轻掀帐帷，黑影越窗惊退。

表妹的黑眼圈彰显精神颓废。她绕过巷尾，进入芦苇，他悄悄尾随偷窥。"密室没找到绝密情报，钥匙我配制了一枚。""找不到你我都得剖腹自毁！"枪口怒放仇恨的花蕊，凋零表妹叛国叛家的愆罪。

月色妩媚，他将伤痛化成酖酒饮醉，古铜钥匙哐当音脆，父亲的话在耳边萦回：这钥匙中空可藏宝贝。他幡然领会，拧开绝密的门扉。

■ 巧遇

　　警校演练车循行乌岩山的蜿蜒，车笛穿透云天的湛蓝。他靠窗顾昐剑眉舒展。

　　"呲——"车停靠崖边，他整装下车甩出链索攀岩，矫健的身姿似冲霄雄鹰凌跃崖巅。她长焦拉近快门咔嚓定格他腾跃的画面。他笑意浅浅："山高路险，注意安全！"他的话如一涓暖流潺湲她的心田。

　　秋风拂掠季节的娇妍，他演练一遍又一遍。"啊——"她沉迷选拍不慎脚崴，玉颜色变。暮色渐晚，她欲言又止的娇羞悸荡他心底最深的柔软，他略显腼腆："咱俩一起下山。"

　　落叶在空中翩跹。他将链索缠绕她腰间，面对面的暧昧旖旎别样的情感。到终点，他手脚慌乱："我送你去医院。"匆匆一别忘留通联。

　　夏日炎炎，学院军训请来教导员，她魂牵梦萦的脸突然呈现眼前，清眸对视双双惊喜万千。

■ 爱的烟云

　　曳地的纱霓透裹她高挑的娉婷，惊靓他的眸瞳，他按快门定格她走秀的倩影。

　　"可否采访你？"他踮足仰脖，脸涨得通红。她含笑答应，"等等！"她卸妆、换衣，一番折腾。他问西问东，她剪剪长睫忽闪真诚，如一汪深泓清澄。

　　五年穷追的痴情，闺阁云幔终启隙缝。西式婚礼踏上爱的旅程，他誓言铮铮："我爱你一生！"她泪水滢滢，她父母不赞成，她依然一意孤行。

　　天降爱的结晶，她不便如影随形。他俩的公司业绩飙升，渐渐地，他隔三岔五不归加班运营。她辗转夜的沉重，他的梦呓中断鼾声，如闪电划破苍穹，她怔忪泪濛。

　　公司年庆，她特订大银屏，放映他俩昔日共同创业的辛苦情景。他如梦初醒。

　　"我差点让烟云蒙了眼睛！"他上前紧拥。女秘书低头，悔泪淙淙。

■ 爱的创意

款款婚纱设计心裁爱的虹霓，半隐半现的低领忽闪玉峰的旖旎。

半张图纸涂鸦梦的希冀。她是"爱的创意公司"招聘的助理，新款样衣屡屡叫她穿试，似曾熟悉的风姿令他目不斜视。暧昧的距离，男人的气息如迷香钻进她的鼻翼，他却戛然而止，断然逃避。

又一款"爱的奇迹"飙升业绩。庆功宴上，他打破数年滴酒不沾的戒律兴致淋漓。她惊颤于他酒醉时滚落的泪滴，他目光呆滞，口吃："对不起……"一幅支离破碎的剪影伏笔在时光的罅隙，她轻抚他脸部天衣无缝的植皮，黯然泪涕。

蕙风轻拂流离的花事，揭开难以启齿的秘密。他取出带有血迹的"爱的创意"设计，愧疚不已："我酒驾翻车，女友重伤去国外医治，失去联系。"

"将这款设计进行到底！"她泪痕依稀。

■ 光杆司令

金桂妆点季节的丽景，幽香沁入秋的绮梦。

"妹把垫布拉平！"他麻溜攀爬，树摇晃不停，桂花如飞雪飘洒银白的丰盈，她将布收拢，笑溢眸瞳。他呆愣，懵恋她眼底的那抹澄明。

岁月葱茏，桂花树下月影紧拥，他血气腾升，两情相悦的积愫在十都港叠波狂涌。

隆冬冰凝，悍匪的吆喝搅碎东宅的宁静，老百姓被赶往晒谷坪，牲畜粮食洗劫一空。他虎目怒瞪，毅然入伍剿匪在深谷岭峰。匍匐山脚，手雷弹片从身后下坡将他的裆部削疼。

春风吹散雾霭的浓重，庆功宴不见他身影。"你为啥装病？"她怒气填膺。"我已不能生……成了光杆司令。"他窘得满脸通红。

"我只想和你如影随形！"

绝育不影响火热的爱情，转眼到了八一年的"计生"。她说："你是'结扎'先锋。"

■ 爱的倔强

哒哒枪声在后岭关荡飏，日寇在舵阳村丧心癫狂。

"石柱哥……"他顺着她手指方向，百孔千疮，一地凄凉。她飞奔颤扶血泊中的爹娘，泪止不住滚淌，仇恨如决堤的狂浪奔涌胸膛。

雨中轩农庄放飞他俩共同的念想。她艳抹浓妆，凸凹的曼妙勾引鬼子垂涎的淫荡，屡遭醋醉中命丧。寒来暑往，芬芳在他俩梦里梦外矜漾，起伏的情感在沉默中潜藏。

云霭无情吞噬残阳。十几个鬼子闯入农庄，撕碎她红裳，她挣扎反抗，凝视的眼神暗示他去抱酒缸，满缸的日本手雷怒然炸响，将半个夜空照亮。

"日本投降啦！"嘈杂的欢呼声响彻凉伞石岗，他俩惊喜异常，返回各自家乡。

几十年的离殇，重逢在新中国成立72周年的晚会上，"你咋不婚？""你不也一样！"他俩举步踉跄，互诉衷肠。

■ 沉疴

春花缤纷音乐学院。她长睫剪闪，蛮腰妙曼，他文采斐然，洒脱伟岸，一曲绝恋拉长弦外的红线。毕业晚会，文体委员吉他伴弹，她娉婷的舞姿映嵌他的眸潭，台下掌声不断。"文体委员，明天见！"她灿妍，返六楼寝间。

冷风穿廊肆卷。蒙面黑影幽灵般捂住她的嘶喊，霓裳撕成碎片。危急瞬间男友找她，黑影逃窜。难听的蜚言如吐信的毒蛇在学院噬遍，凋零花的娇艳，她泪潸，失联。

无法挣脱的梦魇纠缠她的流年，化不开心中的幽怨。她去灵鹫寺抽签，身着袈裟的师傅竟是文体委员，他神色黯淡："你是我一生难愈的沉疴，只求在此心安。"

木鱼声声，梵音袅绕灵鹫寺的佛前。她惊颤，看着手里的上上签，久郁心头的烟岚刚刚散了又弥漫。

■ 马家柚的忧伤

秋雨滴湿金黄的浑圆,马家柚垂沉竹岩村的眷牵。

"真甜!"稻草堆边,他掰马家柚给她一瓣,澄红的柚粒黏贴她唇畔,他恶作剧在柚粒旁画圈。她半怒半嗔推揉侧脸,双双滚落稻草里面,残留一堆的凌乱。

四季兜转欢逗的童年,马家柚甜透梦的心尖。她名落孙山,集资几十万打造果园。他改读农林系考研,心照不宣的积愫潺湲字里行间。她试探:"柚树需嫁接一技术员,你可有此愿?"他却如断线的风筝无回电,她焦灼不安。

阴雨绵延,辗转夜的难眠。"以后离我儿远点!"他娘突然冒雨上山警言。"为啥?"她愕然,泪在眼眶流转。学历是一道无法逾越的天堑,她跌入忧伤的深涧。

山道蜿蜒,他娘不慎摔伤,她路遇连忙背往医院。"我不该以死逼儿就范。"他娘愧疚喃喃。

■ 心心相印

　　绚烂的太阳雨在锦溪的青石巷陌婆娑飘坠，点缀初秋的美。

　　秋菊芳菲采风的笔会。砚印坊内，枚枚印石在他的刻刀下瑰玮，别致的金文婉转他篆章的叹喟。她观石瞻印，仰慕的心藤缠绕他一笔一画的精粹。席间，他俩心心相印的碰杯交叠着沉醉，她的酒窝盛满娇媚。

　　夕阳斜晖，车喇叭频催。"帮我刻一枚！"她拘谨低眉。一缕尘烟掩去汽车的背尾。他为她刻章不知疲惫，难忘她眸中恻然的隐昧。

　　花开花萎。她枕着声声咳嗽怵愁夜的无寐，他隔屏娓娓温慰，网赠束束紫玫瑰。潺湲的积愫泛滥梦的心扉，如爱蕊在心垄抽穗。

　　草木青翠又一笔会，未见她相随。惊雷劈开雾霭的黑，她因救洪水中的邻家小妹摔断腿。

　　他奔赴探望，她涕泪。爱的灵犀在印章阴阳纹刻痕间潆洄。

■ 傻等

　　噪闹的蝉鸣穿彻七树墩的恬静，惊扰姜田午后的清宁。

　　"标哥哥，别出声。"长竹竿跟随羊角辫晃荡，他突然大叫，知了惊飞网袋扑空。"你得赔！"她坐地哭蹬。他麻溜爬腾，满满的知了在袋里扑棱。她破涕为笑映亮他的矇瞳。

　　童年的懵萌来去匆匆，知了鸣欢夏的幽梦。他弃学务农，她外地打工。他信中：知了对夏情有独钟。她回：四季兜转不停，只能傻等。诙谐的语句情澜暗涌，遥远的期盼翻越万壑千峰又云霭濛浓。

　　树叶青了又黄，黄了又青。他用桐木刻成蝉蜕的造型，将思念装满澄透的约定，她却如风筝断线无回应，他决定报警。

　　鸣笛声声划破夜穹。"我又没失踪？"她秀眸怒瞪，他贴耳搂拥："但我已等疯！"

　　凸凹别致的绮景，在羞涩的月色里朦朦胧胧。

■ 家园

秋风穿越万壑千山，撩起锦溪圈圈微澜。

幽梦时隐时现。他俩邂逅砚雕展，他引经据典介绍怀玉罗纹砚，她趋步前观一方"碧荷蓝天"，透镂、点线完美融于画面，鱼嬉莲叶间，她惊叹："我要这方，老板！"他含笑坦言："仅供展览，抱歉。"

夏夜太短，雨丝袅娜绵纤彼此难舍的慕恋，依依思绪漫缕。他信誓旦旦："秋季再聚锦溪续砚缘。"

秋水湛蓝，她却一去不返像消失的云烟。锦溪河畔，烟雨一如他的心念，他凝注为她镌刻的"家园"。她的失联，令他郁郁寡欢，揪疼心底的孤单，辗转夜的无眠。

"我买这方'家园'！"久违的期盼婷立眼前。"芳芳！"他戚唤，惊喜万千。"我姐患了脊髓炎……托我来完成她的芳愿。"

他揣起"家园"："走，快带我去医院！"

■ 石耳飘香

秋风拂掠东灵村的芬芳，尘封的照片逸出石耳醇香。

72座峰峦，攀岩拍摄青春的念想。她妙曼的柔婉在他梦里矜荡，他洒脱的英姿在她脑海中回放。

摄影大赛上，她抓拍的他凌空摘石耳的照片惊艳全场，获评委嘉奖。他紧拥她："留下，别回北方。"灼热的眸潭染红她姣艳的面庞。

好景不长。"父亲病重，速返乡！"她接到电话，凄泪流淌，等不及跟他酌商，留下纸条半张：若无期，今生不相忘。

"馨儿……"他深情的呼唤穿透瓦屋横梁，残留空荡回响。他四处寻望，唯见一地凌乱的离殇。她失联，他满腹惆怅。

他倾注打造湖村乡石耳种养，招徕大批顾客观赏。他快门闪动为客人免费照相。熟悉的声音响彻身旁，"帮我来一张。"她笑声清亮。再次戚吻，苦盼三年时光。

■ 情落偃湖

秋风吹皱偃湖的怅惜，他伫凝临堤眸光迷离，清澈的记忆涓涓不息。

畚斗车盛满辛公希冀，块块顽石叠垒蒙蒙诗意。"小心脚底！"她打滑将他扑倒在地，招徕一片笑嗤。他无意将她酥颤的玉峰触及，慌乱中四唇也触碰在一起。她耳红面赤，别样的心跳化成一缕逸思翩飞夜的梦翼。

斗转星移，积愫沿茗洋关水库逶迤，却未表露心迹。有人提亲，丰厚的聘礼，正好还清她哥高利贷赌资，她父母紧逼。

七夕的雨淅沥成满杯的泪滴，她醉醺醺攀上湖堤，纵身跃入深深的凄迷。恍惚中有人把她托起，模糊中，他吭吭哧哧做人工呼吸，她心中暗喜。

"不答应我提亲没关系，为何寻死？"

"我哪知是你！我入水也只是想冷却一下自己，你！"她粉拳猛击。

悠悠偃湖鱼水互诉绵绵情思。

■ 心殇

雨雾模糊她的镜片，她疾走湖口村，大学通知书洋溢鲜红的渴念。

"拿走，我不读了！"他偷瞄一眼，弯腰将裤腿挽卷，秧苗衍漾波波绿涟，一丝不易察觉的苦楚掠过破草帽半遮的脸，她不禁清泫。

时光氤氲翠锦童年，嬉闹声落满丰收的稻田。十几年形影相伴的积愫悸动成心照不宣的慕恋，高考的志愿憬憧遥远的翘盼。

乌云倏瞬万变。半月前，山道拐弯处，车祸凄惨，他娘撒手人寰，爹截瘫，肇事车逃窜。他衔泪四处打探，跌入雾霭弥蒙的人生深渊。

暴雨连天，洪水漫过他低矮窗檐，他大喊："救命！"她哥将他和爹竭力背出，匆匆走远。

一道闪电划破幽暗，他的电话骤响："肇事者投案！"他奔赴警局，扬起一路风烟。她哥眼神黯淡，铐上她哥的刹那惊颤她和他的泪眼。

■ 半湖泪

湖面鹭影叠映，龙舟惊起阵阵鸟鸣。

"加油！"她拉近镜头速拍他比赛的遒劲，木桨掠触浮波漾动圈圈碧影。他的团队以第一名获胜，扬起一滩的欢腾，水珠折射荷花朵朵娉婷。她奔向他，他星眸滢动："跟屁虫！"她是相邻的小妹，眸透聪颖。

青春如绽放的紫荆，在季季的荷香中轻盈，他俩大学毕业满怀憧憬。她跲仃湖边心事沉重，湖水臭腥，荷花凋零。"谁在此发愣？"她笑溢曚瞳，"这下好了，你是环保学院高才生。"他俊目含情："你得给回赠。"她半推半就满脸通红。

检测、排污、治理……他俩风雨兼行，拨开浓浓雾霭重现月朗风清，微山湖又见鱼跃荷青。香雾袅娜久违的约定，他在咖啡厅等，电话无人接听，他顿觉心神不宁。

湖畔人影憧憧，冰冷的她紧闭眼睛。

■ 流泪的微山湖

微山湖畔细雨纷飞，柳枝低垂。紫伞是湖畔美丽的点缀。

荷叶层叠碧翠，他游弋荷下如鱼浟洄。扁舟穿过芦苇，他探头偷窥，一身青花装束衬出她别样的美。他悄悄伴随，她用划桨轻触他的裸背："上来呗，别藏头藏尾。"她的梨涡道不出的娇媚。

蕙风拂开初绽的粉蕊，悸启相见恨晚的心扉。她在环保学院攻读硕士学位，假期来微山湖实游体会，她是他的学妹。红莲在清波中痴醉，夕阳斜晖偎依不归。

"等你回！"他紧拥她抑不住满目的悲，别离源于家人的紧催。无涯思念穿彻千山万水辗转夜的无寐。

茕茕青莲在污染中衰萎，他放弃高薪职位为净湖方案奔波愁悴，浊水倒映踉跄的疲惫。

电闪惊雷，检测中他晕厥落水，群鱼吐泡满湖的心碎。她凝伫湫湄，拭不完的泪。

■ 情落微山湖

浊水潺湲微山湖的淤怨，洄漩腥臭的粼澜。她蹙眸，愁绪翩跹。

蕙风兜转生态环保的调研。碧湖清澈宛如透亮的明珠在济宁市镶嵌，荷拥青莲，粉瓣微卷，他满腹玄谈："环保最高理念，是人与自然和谐共生，保护家园！"她摘录他的经典片段。微山湖湾，船筏的桨声划动旖旎的慕恋。

晚宴上，觥筹碰拨他俩心照不宣的情弦。她醉倒他身边，雪肌若隐若现迷乱他的视线。他搀她回宾馆，绵软的柔胴撩扰他一夜的无眠。

离别的孤雁，漾动半湖倒影串串。别后的牵念在治污的方案里探讨绵延，他急电："请专家来指点。"

数月的奋战，治好块块"牛皮癣"，微山湖水清岸绿荷艳。她回返，他软磨硬缠："还有一块牛皮癣未治全。"

耀眼的婚戒令纤指微颤，心湖荡漾圈圈漪涟。

■ 情有独钟

桂花袅香雨石山倍添季节的芬芳，她随采风团前往，捡拾朱砂石的乐趣引燃他沉湎的眸光。

蕙风拂开他的淘宝网，朱砂石矜撩她的念想。她选中紫色的项坠着急下单却不知它去向。他笑语轻漾：这一款情有独钟，只赠我心仪的姑娘。她泪湿淡妆，留给他一网的愁肠。

纷扬的桂花如她神色中雾霭般的迷惘。她剥开快递包装，那枚天然橙形朱砂石静卧玉掌，雀跃将它荡挂粉项。视频上约定梦里梦外幸福的远方，温婉的诗行许下一世情长。

错位的照片颠簸情感凄怆，他的结婚照在朋友圈亮相。耀眼的红烛在夜色溟濛的喧闹中炫晃，她负气成为别人的新娘。

他俩重逢在东阳乡采风笔会上，他话语忧伤："是我哥的结婚照，因长得太像。"她泪水盈眶："我那是婚纱走秀专场！"

■ 半块鸳鸯石

　　紫燕曼舞五彩山沉溺风的绵缠。她慕名游攀，奇峰怪岩逸出六色斑斓。

　　天然的矿石鸳鸯摔成两半滚落足边，她赞叹。"我可否用朱砂石与你交换？"他疾步询探。"给你一半。"她笑溢杏眼。他是地质勘探员，相同的专业拨弹灵犀的和弦。

　　一路攀谈，他引经据典的俊雅悸动相见恨晚的情愫蝶绕崖罅岩颠，相册珍藏相拥的缱绻。暮色向晚，微信延连未尽的情缘，语音解馋遥远的牵念。

　　雪花翩跹相思瓣瓣，千里冰封却冻不住眷恋。数月的苦读迎来春天，她捧着余干公务员的录取单转圈，幻象他欢悦的画面，火车满载一厢的夙愿。

　　春雨淅泣地质学院，"他考上北方公务员，在那上班。"

　　她潸然，涌溢的晶莹似珍珠落盘砸疼半块双色的淹缅。他的微信闪现：等我，我去了深山……

■ 露馅的水饺

闪烁的星星霾蒙他郁悒的心幕，就地过年羁滞无伴的孤独。

寒风凛洌也难挡贩毒者的脚步，数月的密查没有眉目，他浓眉皱蹙。

电烛霓光飘忽，他拧开酒壶。熟稔的敲门声急促，门开处：对门姑娘端来水饺香气扑鼻袅屋，粉红的围布潜映她的姣颜成一帧别样的挂图。她含羞嗫嚅："我包的饺子下锅总祖胸露肚。"只见露馅的水饺个个像小肥猪颤动悬浮，他涎沫尽吐。

醴盏往复，她掸软醉诉在酒吧上班的苦楚，有人吃摇头丸彻夜飘舞，神志恍惚。无意泄露的讯息给他有力的相助，窄陋的出租屋旖旎不眠的守护，一帘难禁的爱慕。

曙光冲破积雾，他携战友去酒吧搜出几百克冰毒，老板被捕。

她眼噙泪珠。"没想到老板竟是你父，以后露馅的水饺我负责煮！"他情深如注。

■ 热狗

面包夹裹火腿肠的香馐，飘裊石井峡谷的沙丘，醉趣心照不宣的情稠。

"老板，来份火腿肠热狗！"他俩不约而同齐瞅，一同包走。谷畔水澈清幽，漪澜旖旎倒映邂逅。"你在哪高就？"他朝她浅笑迎眸。"我来石井农庄实习顺带畅游。"她羞妍颔首，与他对视成一汪灵洽的情柔。

明月弹箜篌，热狗的香味在她唇齿间耽溺逗留。"再喂一口。"他死缠不休，她欲拒舌迎尽情酣受。一再推迟返回的她借热狗为由，难却一湾情愁。

时间如沙漏。别离的愁绪拧蹙眉头："别让我等太久。"繁忙工作之暇，她驹不住网购，他烤饪的热狗恰合胃口成她的热搜。

江南紫燕蹬蹦啁啾。招商美食节，她去应酬，有人从她背后轻搂："你网购我的热狗，我也想把你吃个够。"他坏笑，她错愕藏羞。

■ 救护

年轮重叠在时光深处，尘封的积愫湍泻她思恋的痛楚。

他俩在医学院考研中角逐。他悬指劲舞，缜密的医术答辩令她叹服。疑难解答屡屡对视的双目，流转心照不宣的爱慕。

车轮碾轧逆向的归途。广袤的山水阻隔不了视频的倾诉。她支吾：情涌坝堤等你来助。他回复：我等雪化的复苏。

花开花枯，新冠病毒蔓延猛速，她毅然随医疗队往风险区奔赴。一中龄病妇持续高烧呕吐，三天三夜她不眠救护，化验结果是食物中毒。她雀跃眉舒："祝阿姨康复。""谁娶到你真幸福！"阿姨抿笑凝注。她羞涩嗫嚅："我心有所属。"

旭日犁开霭雾。她凯旋返回甘肃，他俩视频情话满屋，他妈斜乜正想飙怒，骤见她的容颜顿时幡悟。他妈大呼："我想见我的儿媳妇。"

窗外双燕扑棱欢逐。

■ 绿帽子

雾霭翼蔽敌机的俯击，浮危临逼兰江坝堤。

"叛徒泄密，如何通知接头同志转移？"矮陋的石屋弥靡火急的谋议。"我去，有妙计！"她耸眉引睇。

酒馆内顾客醉绎，她头戴绿帽踱步留际，刺眼的绿招徕阵阵笑嘻。他潜惊灵犀，山额的惕汗跌坠碎滴，急速从后门越墙撤离。

堤柳昵洽偎依，弧光波影宕涤情澜涟漪。他编织柳条帽戴她头上漫溢他浓醪的爱意。她酣嬉："你喜欢我戴绿帽子？"他慌遽激急："不许叛逆！"

敌机炸塌他俩的婚礼，各奔东西的使命旷隔不了濮涌的相思。他振叠交集，绿帽逸出迷离的绿光递献只可意会的讯息。敌人蜂拥而至，扑空的愤懑血溅叛徒的锦衣。

硝烟弭戢，补办的婚礼上政委高擎那顶绿帽吐诉契机。

绿帽高挂，月隐星移，八爪鱼缠溺在一起。

■ 馅儿

　　橹桨犁乱里郎河的粼波，他沉浸拍摄，湿漉的底片将记忆定格。

　　天穹弥漫青春的烟火。他俩美院同桌，老师布置临摹，他画跟她拍拖。模糊的轮廓经他死缠打磨，精致出阁。悸动的弦音漾荡她心海的歌。

　　相机抓拍小孔五彩的斑驳，他俩成为摄影记者。朦光氤氲暗室洗底片的静默，他嗫嚅结舌："能否拍裸照把最美影像捕捉？"她赧颜但未推托。霓裳层层尽脱，澈晶玉雕娇美出落，他瞠目饕餮，热血澎湃别样的喷薄，连忙按下快门，差点惊厥。

　　一幅取名《馅儿》的杰作莹亮评委的叹愕，颁奖大会她泪光闪烁："真正的艺术情结无上圣洁，我会一生执着。"

　　月亮穿越夜空俯听他爱的诉说："我想吃馅儿，好饿！"

　　"让《馅儿》陪你，它是永不凋零的花萼。"她泪眼皎澈。

■ 风水宝地

嘈杂吆喝声惊醒游埠古镇的黎明。她静坐长凳观赏热气袅娜的早茶奇景，思潮翻涌。

阳光煦暖墨尔本名城。网球赛场精彩纷呈，柔风飞扬她秀发的轻灵，接发球抢攻，快门咔嚓定格曼妙的侧影。她用拍头与球平行，玉腕斜挥险招取胜，观众阵阵掌声。他用聚焦捕捉神情，她低眉俏皮的妍媚矜荡他心湖的宁静。

"祝贺夺冠！"他含情潭瞳。他俩是大学同学，不同国度挡不住葳蕤的情衷。海水掩映云雾的朦胧，她长睫纤闪摆弄各种造型，幽瞳泛漪滢滢，他瞠目愣怔，她抿笑盈盈。

凛冽的娉婷，雪花凝冰。他说有块风水宝地是他回国的憧憬，离别泪水迷蒙她的眼睛。

飞机穿破云层，她前来探究竟。他骤见她恍如梦境，"就等你一起开发这块风水宝地。"禁不住戚吻紧拥。

■ 悠悠芥子园

　　冷露冰凝南北眷牵，他紧蹙剑眉摹成画谱游弋山水间。

　　金陵闸柳絮纷飞轻拂他的脸，他蹦跳步入龙泉巷与低头的她撞见，他手中一摞画书散落地面。她的麻花辫惊颤不安，连忙蹲身去捡，只听咚的一声前额相碰顿时目眩。他俩对视灿然，一潺莫名的情愫湲入彼此的心田。

　　浪漫的夜晚，星月相依许下爱的诺言。他俩扣手河畔，风缠水波掠起涟漪圈圈。这曲千古绝恋，拉长琴键外的音律丝弦。

　　世事幻变，她和父母往北乔迁。古道边，藏不住他俩惜别的流连，纷乱的泪水涕湿马鞍卷帘。

　　几十年的执念，迷惘流年。她重游相约地点，唯见悠悠芥子园雅韵幽婉，一副匿她名字的楹联镶在门前。一位酷似他的小帅男调侃："父亲看它才展笑颜，平时钻研画谱少言寡欢。"

　　她泪潸。

■ 奸细

冷风凛冽多宝寺院的清宁，他奉命悄隐佛像后眸凝，窥见蒙面人翻窗，身手轻盈，取走情报步履匆匆。

寺外密集的枪声划破夜空，蒙面人踉跄退入寺中。她拿下蒙巾包扎腿部的血涌，摇曳的烛光映亮她的姣容。他万分震惊，他俩曾有今生约定，犹豫聚凝他朦瞳。上次他被捕难经酷刑已投军统。

硝烟弥漫三叠洞，翠嫩的枝蔓披荆斩棘，他俩毅然弃笔从戎。一次绝密行动，她遭埋伏跳崖幸存灌木丛。她被扣奸细的罪名，百辩心痛。嘀嘀发报声，不惧敌寇窃听，部队再次绝处逢生幸免血腥。

敌影重重。相似的情景，她奋力抗争，一枚子弹击中她前胸。她看清他的身影，泪水模糊了眼睛，倒地，如落叶凋零。枪声骤停，政委忧心忡忡："赶紧抢救，她这招苦肉计九死一生！"

■ 二胡悠悠

　　裙袂挟裹蓼子花舞靓他的睇眸，波波粉漪漾动他心海颠簸的孤舟。

　　"啊……"她舞台踏空跌坠他身后，柳眉蹙皱。他急切探问缘由，轻拉她的手，莫名的电流直蹿他尘封的心口。她声如鸟啾："我脚疼难受。"他抓握查看沉迷一种别样的神游。

　　他俩在部队会演中邂逅，他朴实敦厚，拉二胡一流。悠悠乐声如淙淙流水漫过她的心楣，浸湿她旋舞的衣袖，覆水难收。数天逗留，难舍的别离平添潭眸的情忧。几番回首，唯有潇潇细雨漫弹箜篌，天南地北的战役辗转几多春秋、几多愁。

　　时间如沙漏。寻亲栏目，他老泪纵流，二胡悠悠，演绎倾诉一生一世不止不休的孜孜枯守。屏幕上的她嗓音依旧，叠叠书信泛黄硝烟弥漫时情感的深幽。她含泪愧疚："我嫁给战友，因腿残不能走！"

■ 新芽

飓风狂刮，军机徐徐降下。她款步舱阶半遮镂纱，一袭碎花旗袍尽显娴雅。

"恭迎特派员大驾！"站长高喊，声音嘶哑。骤见列队中的他，她一脸的颤诧，往事一幕幕纷沓。

硝烟在校园弥撒，张张传单挥洒他俩激情愤燃的青春年华，齐耳短发减却她心照不宣的情话。河边蒹葭掩不住扭缠的雪肌琼葩，他的誓言如放线的纸鸢搁浅枝丫。

乌云叠加，警笛叱咤。他救她中弹被抓，远去的车轮碾压他频频回眸的牵挂。她心如刀扎，将汩汩的情愫深藏心洼，毅然参加特训，蓄势待发。

夜深，发报声滴滴答答，闪现久违的接头暗码。他故意被抓是将上级命令舍身传达。

积雪融化。河边的蒹葭又长新芽，接头地令他五味杂陈浓郁难化。"爸爸……"酷似她的女孩奔向他，她在旁灿笑若霞。

■ 石井茶

　　风拂广丰区熙攘的嘈杂，酽腴的茶雾袅娜石井峡谷别具的繁华。

　　她来自马来西亚，循名片觅他的石井茶吧。镂空的幔纱，难掩他提壶续盏的俊雅。她凝睇赏遐，慕恋的心藤颤爬陡峭的肋崖。他颔首刹那，瞠目惊诧，撞翻一地的石井茶。

　　他俩博弈世博茶会成为佳话，铭心的记忆盘绻心洼。赛前她外感风热头疼如针扎，他烹煮石井茶为她祛病解乏，翻滚的茶叶舒绽她冰融雪化的春芽。满腹的眷念百结囚匿于她心谷的旮旯。

　　石井茶在茶坛叱咤，他把金奖抱回东阳老家。临别时，她羞涩薅下一根青丝送他。"这做啥？""你个榆木疙瘩，不许变卦！"她用熟稔的中国话回答。

　　秋雨飘洒大洋彼岸的牵挂。他心乱如麻，眸烁泪花："我目标未达。"她戚吻他："咱俩一起种植研发。"

■ 半块烤红薯

冷雨敲打凉伞的孤独。她九曲惆怅一如灵山的石路。

他俩同父异母，两小悌睦，一起烤红薯甜美地果腹，潺潺的情愫漾满山谷。欢声笑语化成遍山的花簇。

父亲病故，后妈突然对她严厉狠毒，逼她考最高分数，对弟弟却放任不顾。

炙热酷暑，她收到大学通知书。他为她庆祝："姐好好攻读。"光阴没有荒度，她硕博连读气劲心府。

"男孩子能吃苦，就要做顶梁柱。"后妈的话句句沁心入腑，半山怨霾凝成浓雾在山巅飘浮。她寻到他的出租店铺，烤红薯的香味溢满小屋。他骤见她，剑眉展舒："姐，快尝尝烤红薯。"她吞咽半块烤红薯，不禁柳眉紧蹙。

山风徐徐掀开云幕。她在父亲墓前怔住，只见后妈跪着边哭边诉："我没有辜负你的遗嘱！"她双眼蒙上泪雾。

■ 灵山惊梦

瑟风拂掠，落叶娉婷，秋光拉长她羸弱的身影。

浮光隐隐穿过乌鸦弄。相拥的人影盅荡捺不住的激情，舌尖交缠逸出阵阵嘤咛。一场迷醉斑斓的梦境，沦漪绵延绝美的阒景，月亮倏地羞匿云层。

大红囍字贴满门厅，唢呐吹响满屋的欢腾。红烛下的誓言缠络成繁衍的紫荆，他轻俯在她微凸的腹部愉悦聆听。

炮火轰破灵山的宁静，硝烟弥漫树隙草丛。他眼神坚定："我要去当兵。"她泪濛眼瞳："好，多久我都等！"崎岖的山道残留难舍的走走停停。

寡不敌众的战争，布满雷鸣血腥。守望的痴念在陡峭的山崖冰凝，她陈梦绵绵不想醒。噩耗惊梦，阵亡名单上他的姓名折断她的心旌。

又到一年清明，她竟与另一女人相碰，白菊瓣瓣戚泪凋零。她瞠目颤惊，撞倒了祭奠他的酒瓶。

■ 月亮真圆

　　一车的昐盼在山道蜿蜒，叠涌的岚烟袅绕灵山隐现的容颜。

　　夜晚，索道边，她和陌生的他同坐缆车上山巅，采风游玩。冗长的缆线承载她的不安，她恐高紧闭双眼。"别往下看，我们聊聊天。"磁柔的声音响彻窄小的空间。他博学健谈，引经据典的浪花漾动一波波微澜，荡决她尘封的心岸。

　　诗会上才艺绎演，他拨弹《广陵散》，根根丝弦颤动指尖敲响弦外的心念。月亮禁不住穿彻乌云满脸惊羡。

　　明月高悬。"月亮真圆！"他款步上前凭栏赞叹，星眸幽深忽闪。似曾熟悉的神情令她愕然。

　　季节兜转逝去的流年。大学毕业那天，她的男友为救一落水小孩如风筝断了线，揪疼她心底万般思牵。

　　"那次我的脸严重受伤，抱歉！"月光洒满她的香肩，如梦似幻。她莹泪涟涟。

■ 香榧飘香

秋思纷扬，倾诉浓荫深处一丛丛无法释怀的惆怅。他采摘香榧入筐，忆念泛滥无疆。

道道闪电划破青苍，滂沱的洪流冲塌他家的泥瓦房，健朗的爹不幸窒亡。噩耗在学院座机骤响，他收辍行囊，眼神迷茫，脚步踉跄在泥泞的山路上。

流泪的白烛在沉寂中摇晃，昨日人去房塌如梦一场。村专干已将丧礼和瞎娘安排妥当。"孩子，这是你爹承包香榧园的款项。"香灰夹杂一线亮光，他泪涌眼眶。

夜风彻凉，裹挟他满腹凄殇。"男子汉要自立自强！"爹的话犹在耳畔回荡，却记不清当初的模样，道不尽尘世无常。他决然断送读研的半生梦想。

冬去春回唤醒山岗，香榧由青变黄，裂溢阵阵清香。村专干将他的香榧园细细考量，偷偷将帮扶的协议深藏，不想他迷失奋进的方向。

■ 定情的马夹

一帘瀑布从圣井山顶垂挂，漂流，她与他配搭。搂，忆，惊险的刹那。

"啊……"双人橡皮艇顺流坠下，涧水浸湿她的鞋袜，一波波浪花劈头盖脸朝他俩猛砸。橡皮艇被冲入碎石罅，他用木浆使劲划，水珠泅红树隙间的晚霞，簸动的激滟水花涌向她尘封的心洼。

一路惊乍，他一言不发。龙虎洞口，他却打开话匣："是4D幻象你别怕。"一声声虎吼叱咤惊起狂浪频舔她的脸颊，蟠龙张口居高临下，绝望的尖叫如天塌，慌乱中她弄湿救生马夹任冷水溇狚。

洞外。她湿透霓纱，秀发滚落的珠玑氤串成绝美的图画。他窥视她，递上他的马夹。余温，体味，惊诧。上岸他为她端来热姜茶，袅娜的茶雾难掩他的小虎牙。

"还冷吗？"

她抿笑不答。

半年后，婚礼，主持人手举马夹发话。

■ 弋阳年糕

    岸柳芊芊送别落阳，霞影倒映在涌金洞水中央。

    "妞，快上！"他伸臂将她拽上牛背长鞭轻扬，合唱的儿歌掠起一圈圈细浪。他使劲挥鞭，牛受惊奔狂，她吓得紧贴他的汗裳，一路惊荡。她妈是他的乳娘，梦里梦外的芬芳，在别样的嬉闹中流淌。

    晚风如横笛拂过幽径长廊，明瓦透漏月光栖窥土炕。"你妈不同意，咱俩先下手为强？"她娇羞推搡，他激情涌漾。嘭嘭，房门骤响，他慌乱穿衣翻窗。残烛摇曳一屋的心殇。

    尘世沧桑，她成为弋阳年糕的代理商。洽谈宴会上，他竟是她的幕后老板，她一个劲地让他品尝。他回宾馆："我差点撑死，肚胀。"她惊慌探望，他环抱她笑语舒放："你这枚弋阳年糕才是我多年的奢想。"

    窗外，明月倏地躲进云层，羞涩难当。

■ 硌牙的馒头

晚风拂袖。她眉间蹙愁，隐身龟峰荆棘丛生的沙丘，瞅见暗藏假情报的馒头被一黑衣人取走。

月光穿透树的缝隙纷乱清幽，夏虫噪叫着担忧。她尾随他背后，接二连三的同志被捕是何缘由？他在她家门口逗留，她连忙翻窗入室假寐，她的秘密单线竟是男友。

乱世春秋，热血在青春梦想里奔流。他俩是同学在早餐店邂逅，雪白的馒头香袅难舍的浓稠。她溃堤于他的百般追求，他嬉笑赠她两个大馒头，她秀眸溢柔，大口咬，一枚金戒哽住喉。他俩十指相扣，酥软的馒头在旖旎的世界里悱恻难收。

锥心的警笛鸣奏，情报又泄漏。她泪染双眸，愤然将改装的枪对准他胸口，他狞笑颔首："没子弹的。哥横死，我冒名顶替他太久。"

冷风飕飕，她射出一颗复仇的子弹正中他的眉头。

■ 蝴蝶兰

风抽雨鞭，蝴蝶兰花瓣撒落一地绝望的哀叹。

"你给我滚远！"冷观他酒醉和别的女人相拥相搀。她抿紧唇将花扎成团，含泪，无言。汹涌的惆怅涨满机舱孤旅大洋彼岸。

蝉鸣回响枣树的枝干。他借暮色爬树偷枣被门卫发现，翻窗藏匿她的房间，她嗔怨："你真无法无天！"他嬉皮笑脸："你的脸比枣还红还甜。"窄小的空间氤韵别样的调侃，悸动的情愫浸颤彼此心弦。

高考填志愿，不一样的分数却填同样的学院。生日那天，他手捧一束紫色的蝴蝶兰深情款款："我爱你永不变！"

学业未完，她父母执意送她出国，缔约相牵的诺言随风飘远。他翘首西盼，经营偌大的蝴蝶兰花苑，残阳陨落他的孤单。

"老板，买花！"久违的声音像归蝶栖落耳畔，他惊喜抬头，却见她和一老外相挽。

■ 凋零的芫荽

纤纤灵动的芫荽郁香季节，镌琢一片片伞形的绿叶。

三月的春色与夕影承接，他俩相约村野。两只蝴蝶翩跹芫荽地寻觅安歇，他轻轻捉住一只："你就像它高贵又圣洁。"她娇羞低眉，他的吻如饥似渴吮缠如芫荽逸出的香觉，惊飞手中的彩蝶。

"快跑，鬼子进村了！"一阵锣声划破青灰的夜。他俩躲入草丛，人如潮水朝山路流泻。凄婉的音阶在屋脊崩塌中撕裂。

花色在硝烟弥漫中凝结。她是保长的千金，他加入伪军却暗中与锄奸队通牒。他蛰伏的年月，锄奸队频频告捷。

花开花又谢，寒风狂卷暮雪。他又在芫荽地蹀躞，突然身后响起了枪声，数名特务被消灭。她倒地胸部淌血，他疾步上前，砰！他中枪跪地，她泪泣哽咽："我替父报仇……"凋零的芫荽在冷风中战栗摇曳。

■ 血红的野百合

残阳在云层探头缩脑。野百合涌动漫山妖娆，撒欢他俩的嬉闹。他故意将她绊倒。她粉拳狠敲。

小鸟啁啾枝梢，他俩上学相邀，他背着娘生前缝制的花书包，不惧同学另眼相瞧。他成绩名列前茅，却中途辍学打工北漂。孤单伴她岁岁朝朝，郁郁记忆在野百合上萦绕。

四季兜转枯茂，几度飘摇。她考入警校，四处打听他却音讯渺渺。四年的特训丰盈心境的萧条，她去缉毒组报到。

她接到线报，发现毒枭，火速奔赴目标。熟悉的身影令她心跳。她刚想拔枪，他飞身把她撞出门外，差点扑倒："快跑！你们人太少！这帮毒贩都有机关炮！"

她吹响掩蔽的口哨，对他惊异一笑："咱俩一起躲逃！"

他一脚把她踹倒滚下山腰。枪声骤响，如雨的子弹在他印有野百合的背心上迸涌嗷哮。

■ 青石板上的足音

　　池塘水波微澜，鱼漂俯卧水面，沉浮他的念想一串串。

　　噔噔噔的足音由远及近戛然而止于他的身边。"这是我家的鱼塘，不准钓！"她嘶喊。他愕然，只见她涨红着脸，黑又亮的麻花辫俏皮地搭在肩，眸中含怨。他慌乱拾掇渔具从石头部落回返。

　　高考放榜那天，夏蝉鸣欢他的戚盼。他怀揣一腔梦想踏入大学的伊甸园，同桌似曾熟悉的眼神莫名悸动他心底的那根弦。图书馆默默陪伴，学业上相互解难，心照不宣的默契缓缓潺湲。

　　滂沱大雨猛敲青石板，一夜泛白的鱼浮碎她考研的渴念。"闺女，考研是你爸的遗愿。"她妈不禁泪潸。突然，一道闪电划破天穹的黑暗。她微信骤闪：有人已为你募捐。

　　明月高悬，他兼几份家教被她撞见，他欲言，却被她的封口吻咬疼舌尖。

■ 约

　　初夏的晨风轻拂杏花村翠绿的奔涌，她袅娜古城墙下如月季摇曳不停。记忆透过树的罅隙穿行。

　　木鱼敲诵寂寞的佛经。她随采风团步入应天寺，合十跪拜，一脸虔诚，只听哈哈笑声，她朝他怒眼圆瞪。"很高兴和你一起采风！"他露出戏谑的神情，俊雅的丰仪于博谈古今中惊厥莫名的萌动。"期待再约，珍重！"他戴上墨镜，一绝飞尘轻扬迷蒙的憧憬。

　　春秋兜转变更，浮花几度凋零。渴望的情愫化作蝴蝶隔屏扑棱。一道传递火种的口令促成一场久违的约定。

　　车笛惊梦。她的双眸映入眼熟的背影，加速的心跳驹不住荡摇的心旌。她拿着《星火》移步轻轻，恍若久盼的幻境，从背后抱他一个尴尬的惊愕。

　　"我替哥哥赴约，嫂子摔伤危重。"

　　她顿时愣怔，水雾蒙上眼瞳。

■ 沙丘的等候

仰。俯。扭。她炫亮观众的瞳眸。霓光浓稠。

"加油!"他在台下将报纸卷成喇叭叫吼,声声惊扰邻座的清幽。他捧起她的奖杯放在胸口,你追我跑的欢逗蒸馏心曲的露酒醉于奖杯的金瓯。

时光悄然遁走,他高考名列榜首,她艺校特招成绩优秀。明月弹箜篌,他俩相约河边的沙丘。柳影拥叠含羞,蝉瞠目窥瞅,晚风阵阵掀开爱的衣扣。

足尖踮转四年的沙漏。夜晚风急雨骤,渐丰的羽翼折断在焊接架的腐朽。彩排时舞台塌陷她腿折血流,"除非佛祖保佑!"医生痛惜摇头。她日渐消瘦,柳眉紧锁一弯的悲愁,恶语冷拒他的逗留。他心如刀剜般难受,忍泪拂袖。

星月藏忧,河柳依旧。她伤愈出院直奔沙丘,心囿愧疚。

护士酸溜:"你有好男友,他倾其所有请来医界高手。"

■ 狗叫声声

　　吸顶灯呈现椭圆的光影，在洗脚盆里晃荡不定。他伸入的脚丫搅乱一盆睡前的寂静。

　　"石头哥，快去看……"她将他的衣袖猛拽，慌张的语气透着心神不宁。澄亮的路灯，只见他俩家的狗正屁股相连转个不停。他似懂非懂："它们在打架，你猜哪只会赢？"她一脸懵愣，他俩大叫加油吓得狗左右闹腾，匆匆逃命。

　　窗外寒梅几度飘零，唯有那千般滋味徜徉在冷风中。她艺校毕业南下学口技，他经营的贵犬公司遐迩闻名。潺湲的爱恋被万水千山阻隔，她捕风捉影，他在宾馆孤子酌酒。

　　阵阵犬吠惊醒他的迷梦，她站他床前戏谑捉弄，他睁开惺忪的醉瞳。"哪来的狗叫声？"她笑得后仰前倾，他顿时梦醒。骤燃的情火蔓灼他的心胸，他戚吻紧拥："我叫你以假乱真，现在就比个输赢！"

■ 萤火虫

暮光隐殁云层，田间绿光盈动。溪畔两双小手追捉萤火虫。

"洋哥，比比谁的多！"她的麻花辫颤晃不停。"扑通"她一脚踏空跌入水中，他飞快摁亮电筒，瞅见她如鸟扑棱，一袋萤火虫早遁飞无踪。他扑哧一声惹怒她泪眼涕零。

硝烟弥漫南京，她要和父母搬迁北平。月光澄明，别绪化为一弯相拥的叠影，他情深眸凝："一路珍重！"

岁月峥嵘。她奉命潜入军统，暗助她的上线代号"萤火虫"。"报告！"他竟是电讯科科长，她推门震惊。他却像不认识她语气淡定，她懵愣。

夜晚风骤雨冷，她又一次拧启发报机，这时门外响起别样的敲门声。她开门心跳不宁，他突然紧抱她戚吻不语，尾随的特务瞠目惊怔，神情冷冰："原来是你们在这里闹腾。"泪雨模糊了她的眼瞳。

■ 装糊涂

湾畔桃花簇簇，蜂紧跟蝶的舞步。她捉蝶不停追逐。

"嘎嘎……"他挥动赶鸭的长竹，觅食的鸭群搅碎一湾的清浊。"快来，黑柱哥！"她的嫩指被蜂蜇得眼挂泪珠，他忍住笑为她排毒，"这是蜂对蝶的舍命保护，心甘情愿的付出。"

朝朝暮暮往复，蝶儿破茧几度。他成了养鸭专业户，她在中学教书。读大学时她家拮据困苦，一好心人给她匿名援助，她暗查隐隐萌动莫名的倾慕。

又一季花开花簇。她在湾畔踯躅，蜂蝶交错叠舞，往事一幕幕回溯。她轻摸曾蜇的玉指万般感触，心底逸出潺潺的情愫。这时微信答复捐助者已查清楚。她疾奔他的养鸭石屋。

惠风撩动她的发束，她心潮起伏，阵阵暖意沁心软骨。她不禁粉拳如雨："叫你再装糊涂！"

一吻断语……群鸭扬脖瞠目惊怵。

■ 血红的拂晓

凄风凛冽岸柳的萧条，吹低狗尾巴草披露他俩热烈的搂抱，她的低吟近似泣嚎。

乱世花事幽眇。她父母在阻击战中传来噩耗，他默默的关照像镇痛的芍药，对她起到温热的疗效。

她拔出狗尾巴草在他面前轻挠，他追她跑，他突然伸脚，双双绊倒。他将她紧抱："嫁给我可好？"难掩的喜悦漫溢她的眉梢，零乱了身下的狗尾巴草，雪白的抹胸在草尖上飘摇。

深红的囍字在泥瓦房闪耀，醇香的荞麦酒逸出幸福的味道。烛焰摇曳梦的妖娆，她在他的怀里撒娇，外面却传来鸦叫。

夜半寂寥，他披衣起床蹑手探脑。她顿觉蹊跷，尾随细瞧。月光隐映鬼子的刺刀，与他暗擦的火镰遥向对照。她如跌入冰窖，陡起心焦：难怪父母会中鬼子的圈套！

她指颤发报，嘀嘀声迎来血红的拂晓。

■ 白色蝴蝶结

纤纤暮雪缤纷沉寂的季节，她拢拢长发系上白色蝴蝶结，万般思绪在冰冷花色里蹀躞。

枪声穿透青春的花红柳谢。他俩就读同所大学，一种不需言语的默契滋生情愫的流泻。相约三月，她像飞舞的蝴蝶在花丛中不停歇。他俩紧拥影子重叠，他的眉宇间游离情的浓烈："你是我的世界！"

日寇疯狂肆虐，未曾拓写的章节在炮弹中摇曳。一道闪电划破黑夜，他俩加入抗日游击队将传单张贴。被一队鬼子发觉，他声嘶力竭："快逃！"他肩部中弹流血，她的心被撕裂。

年月更迭，她接到指令与潜伏的同志对接，暗号：白色蝴蝶结。她骤见他恍如幻觉，声音哽咽。突然鬼子蜂拥而至，他狞笑吆喝："整容术真高超，你的人已被我识破剿灭。"她扣动扳机，绽一朵复仇的花萼。

■ 守护

一抹流光泅亮迟暮，她执意送他踏上归途，涧瀑洄漩她内心的凄苦。

时间羁绊青春的脚步。他俩邂逅雨后的深谷，他昏迷，后脑勺血肉模糊，她连忙送往医院救助。她是护士，他醒后以前的记忆全无。数月悉心的照顾，彼此对望的双目滋生串串爱的音符。

年轮错落在情怀深处，他俩一同观看日落日出，执手的温度暖尽一季冷风的吹拂。她在草地上翩翩起舞，他采摘野花一束，对她真情吐露："你是我一生的守护！"她心潮起伏，眼眶闪烁着幸福的泪珠。

新开发的山区旅游为他的梦想拓展蓝图，他设计的木屋引人瞩目，游客纷沓入住。天空乌云密布，一道闪电划破苍幕，他慌忙间脚踏空又滚下山谷，记忆渐复。他嗫嚅："我未婚妻病重，为给她采药我深入山峪……"

她泪水如注。

■ 邂逅

　　窗外的靓景节节倒后，他的鼾声令床铺战栗惊扰她的静幽，她紧蹙眉头。

　　车厢一阵晃悠，他的皮包滑砸她的胸口。"哎哟！"她叫吼。他惊醒下床麻溜："对不起，砸哪啦？"她支支吾吾秀庞藏羞。他的瞳眸透着担忧，她微笑颔首。

　　一场邂逅，愉悦的畅谈滋长成心与心的洽流，九个小时的车程匆匆遛溜。他是三国城的导游，紧握她的玉手："欢迎你来无锡旅游。"难舍的别绪散落一车的怅惆。

　　百鸟啾啾又一个萧秋，瑟风吹乱落叶犷绵的绸缪，难解牵念的瘦。她踏上久违之旅，枕耽铭心的记忆于卧铺逗留。景点门口，他的电话不通，她搁机不知缘由。

　　"我会在此恭候！"前天他的语音湍泻刚柔。检票员双眸凝愁："他是我男友，昨天救一旅客被太湖的水冲走。"她潸戚不休。

■ 真相

山道蜿蜒爹赴任的渴望，吱吱的马车颠簸无尽的梦想。爹似心事满膛，她却一路欢畅。

"留下财物！"一群土匪紧握大刀横跨路中央。爹神色惊慌："我没钱，箱里只是一些旧衣裳。"领头的土匪径自掀开绒障，骤见她貌美无双，目露冷光。一骑绝尘带走她撕裂的哭呛。

宽敞的木房，她泪水淋漓姣好的脸庞，热腾腾的饭菜暖不透她心的戚凉。他隔三岔五来探望，俊影荡晃，剑眉紧蹙困扰她的心神慌张。守门的土匪轻声讲："她爸为做官竟设计女儿抵账，真是不可思量。"

月儿穿行单薄的云锦弥漫她满目迷茫的倔强。她连夜偷翻马头墙回到家乡。只见府上张灯结彩喜气嚣扬，原来爹升官正迎娶美娇娘。

夕晖泻下最后一缕残芒。她脚步踉跄，携上娘的遗像，直奔土匪窝的方向。

■ 滑倒

风雪狂卷山峦将夜的酣梦惊扰。他俩偷剪铁电网的阻挠，血刃鬼子的暗哨，又炸毁一个碉堡。

"砰——"烈焰直腾云霄，轰然弥散壮美的妖娆，鬼子哀号。他一声口哨，她接到暗号，迅疾撤离山坳，不慎滑倒崴了脚。他紧揽她的细腰："快走，鬼子的援兵马上就会到！"

冷风呼啸，高脚楼的探照灯光朝他俩横扫，他毅然将她扑倒。隐隐软香沁成驹不住的心旌飘摇，涌动他的涨潮，他不禁耳热心跳。她心焦："咱俩得赶紧逃！"

安全的僻道，他俩相拥而笑。她再次滑倒，半推半就的羞躁凌乱了雪中的枯草。他俩就读同一院校，浓浓的抗日激情在硝烟袅袅的战壕燃烧。

又是风雪潇潇，他为掩护她送出情报，鲜血染红了粗布青袄。"我知道，你再次滑倒就是个圈套……"她点头泪滔。

■ 你这个坏蛋

朔风狂卷寒潮凛冽火车的抖颤，她斜倚靠垫，记忆的丝线缠绕她的心轩。

"快拿证件！"特务排查女共党厉喝叫喊。他坐对面，沉溺在她幽深的清潭。见状猛将她紧拥胸前，戚吻她的脸。她未躲闪，闭眼。他是她的初恋，如今站在不同的阵线。特务走远，她娇嗔懑怨："你这个坏蛋！"他嬉笑不言。

出站。她直奔接头地点。突然，他的轿车将她剐翻，慌乱送往医院。后来得知接头的特派员已叛变。一个个谜团如冰凌悬挂于房檐沁寒心尖，暗战的浓烟笼罩她的无眠。

她接到密电：今晚铲除叛徒，免除后患。舞池氤氲雾岚，她妆扮妖艳，酥胸玉腿半隐半现，莲步款移叛徒身边。"砰——"叛徒倒地，一蒙面男掩护她肩胛中弹。她掀开察看，不禁泪涟："又是你这个坏蛋！"

■ 带血的格子帕

　　弹雨留下战壕的殷殷血痕，泪水在她眼眶里翻滚。炮火灼亮夜幕的星辰。

　　时光如流倒影无羁的青春。隐隐的缘分于机舱降临，她晕机呕吐，污物飞溅他的衣襟。她囧状万分："对不起。""没事的。"他的声音在云层深处低沉。翻涌的煎熬如无形的魔爪噬心，她冷汗涔涔。他递给她格子帕巾，一脸温存。

　　飞机卷起半空烟尘，落降稳稳。她迈出舱门，军校的车恭候她来此特训。训练场上列队欢迎新的教官，竟是他，她泪眼模糊了他迎候的端谨。训练的艰苦令她咬出唇印，爬、攀、滚、射铸就军人的根本。

　　硝烟腾奔，交织的炮火凝成漫天长云。他们肩负狙击的重任，枪声在敌众我寡的山峦中沉吟。她扒出被泥土掩盖的他，泣泪纷纷，取出格子手帕为他包扎猩红的惊魂。

■ 带血的剃刀

暮光斑驳落叶的焦萎，她眼含伤悲，牵念在四季的兜转中憔悴。

冷风瑟缩季节的芳菲，理发店弥漫洗发水的香味，梳理绾结彰显他发艺的粹嫩。她舒眉假寐，幽婉的音乐是惬意的点缀，他握剪理发不禁叹喟："你的头发真美！"她屡屡在他点赞中迷醉。

日寇的炮弹在天穹横飞。两名鬼子闯入店内，骤见她貌美便淫意相随，撕衣、扯裤，将她摁倒欲行不轨。他的剃刀速割鬼子的咽喉，血染墙围，她战栗流泪。他将她送进八路军的车队。

泱泱江岸的芦苇，临风水湄，她的心事空蒙成远山近水。她成游击队总指挥，一场场伏击战打得日寇节节溃退，战果累累。

她奔赴区委开会："报告政委！"他灿笑相对，别后的惦念遁入他身后的理发柜，她不禁热泪滚坠。

夕晖酩醉，风阖门扉。

■ 牵念

飞机腾卷半空的尘埃带走一舱的牵念，她凝眺蓝天，层叠的心事缥缈云絮间。

一曲纠缠不清的和弦，拉长弦外的红线。他是航空学院的教官，严厉的眼神撩动她心底的挑战。"再来一遍……"他的声音又响彻耳边，他总没事找事寻她的麻烦。"再走给我看！"她莲步款款，妙曼的身姿炫亮他眼眸漾动他的心田。

毕业那晚，他频频跟她推杯交盏，酡红的脸掩不住对她的喜欢。西子河畔，波光潋滟倒影一圈圈，他自唱自弹：今生相见就是缘。她在歌声中沉潜，音韵幽婉穿透夜幕辗转她的无眠。

无尽的眷恋于万水千山衮延。又一年花落满肩，她调往信州区机场上班。"砰砰"她轻敲，门虚掩。只见熟悉的俊颜呈现面前，她狂喜愕颤。"那是我哥，他现在是飞行员。"他不禁粲笑连连。

■ 你不回，门不关

冷风拂叩门环倾诉戚盼，她侧卧床沿，一遍遍抚摸他的照片。木门咯吱咯吱数落从前的悲欢。

时间折叠尘世的痴恋。他是消防员，他俩在一次火灾中结缘。他冲进烈焰救出被困别墅的她而烧伤手腕，门户不对的爱恋不顾母女决裂相逼的凛然。浓浓的情爱在土炕上潺湲。

一道命令如闪电划破墨黑的天。他翻身流连，深吻印在她秀眉间，语气温婉："关好门，照顾好宝宝。"她撒娇泪涟："不，你不回，门不关。"

三天三夜未返，他为救战友化成一具焦炭。只见墓碑上他笑颜依然，她几度昏厥，儿子早产……

"娘，门怎么不关？"低矮的瓦房漾溢儿子的不满。她又将两个荷包蛋夹入儿子的碗，香喷喷的爱怜莹挂她的眼帘："儿子多吃点，长大接爹的班！"她话未完，已泪潸。

■ 红裙子

    大雪织锦漫天纱幔，叠涌的心念潜隐冰凝的老牛湾。她着一袭红裙旋舞他絮纷的思愿。

    千里之遥一线牵，他俩在文学群遇见。夜半，她写出初稿一篇篇，黑眼圈在她的黛睑扩展；他彻夜无眠，为她整改一遍又一遍。心照不宣的情愫激滟于字里行间。

    生日那天，她收到一快件，只见一袭红裙柔绵妙曼。他留言：期盼你在雪天舞出红花瓣瓣，拍下给我留念。

    窸窣的芦苇荡摇乱季节的变迁。终于天气突变，雪花回旋。她连忙约好友到湾畔，给他打出 OK 的笑脸。她瑟缩穿上红裙露出香肩，仰、躺、站，摆弄姿态万千，转圈又转圈，如彩蝶翩跹。她突感头晕目眩，栽倒雪滩。

    如梦似幻的愕然。她醒转，熟悉的俊颜呈现面前。她用力揉揉眼，一脸嗔怨。他为她裹紧毛毯："怪我来晚！"

■ 等你长大

狂风裹挟尘沙跌宕错乱的浮华，一阵阵在寰宇叱咤。他和部队战后整顿，蓄势待发。

"叔叔，我要爸妈！"她紧搂他的脖子哭声喑哑，掺杂他太多的放心不下。她是战友的娃，在一次偷袭中她父母为掩护他双双被杀，血染粗布青纱，残留一生的牵挂。

花影飘洒一个个春夏，她在硝烟中跌扑滚爬，风吹雨打。他轻抚她的粉颊："丫头，我等你长大！"她点头作答，懵懂地笑成一朵花，纯真无瑕。别样的情愫漫过他的心闸。

十四年的肠断天涯，日寇投降终结践踏，街头巷尾一片喧哗。她在担架上找到他，禁不住涕泪交加。她身着军装英姿挺拔，他伸手捋了捋她柔美的长发，心在泪水中融化。

夕阳西下，霞光洇红她眉间的一点朱砂。他俩有说不完的话，桃花正开遍满院的枝丫。

■ 一醉芳馐

蓼子花凋零遥迢的等候，鄱阳湖流不尽一弯清愁。
她独坐扁舟，记忆如水叠涌难解的怅忧。

"老师，他又扯我辫子！"她忍受太久。教师狠批
让他出糗，罚站在教室外头。他倔强的泪在眼眶转溜。
课后，她欲歉难开口，一脸的内疚。她折纸条：我的道
歉你收不收？他回：细水长流。

角逐的媲迹穿透三年的沙漏，他俩名列榜首。堤畔
湖水清幽，潇潇细雨柔弹箜篌，他眨动星眸："该是我
收道歉的时候！"她的脸顿时红透。她伸出手与他十指
相扣，他坏笑颔首："这怎够？"她踮起脚跟，累酸了
半推半就的违拗。

失联几度春秋。他硕博连读将思念融入高科技的探
究，一腔热血为国奔走。他军工调研迎面邂逅，惊颤她的
泪眸，他把她拉到门后狂喜拥搂："我真想一醉芳馐！"

■ 粉黛乱子草

冷风戚舞瑶里的山腰，拂起粉黛乱子草一波波血涛，低吟她的哀悼。抹不去的记忆在草隙间飘摇。

夕阳晚照。"报告！"她脱下军帽，两条柔长的麻花辫黑得俊俏。她是部队的骄傲，他强捺一阵心跳。"我想，若能把迫击炮改成高射炮，就不怕敌机来后方骚扰！"她拍手称妙，笑意直弯眉梢。

月光缥缈别样的情调，她伸伸懒腰，倦意缠绕，迫击炮被她精心改造。他俩相视而笑，悸动的情愫氤氲炮筒的眼角，她羞躲欲迎他的拥抱，迷离的光影隐溺激情的燃烧。

烟雨潇潇，他俩和战友匍匐于草丛暗瞄，一架架敌机又在空中呼啸。她的炮弹直冲云霄，俯冲的敌机顿时砰然散掉。

风华殆尽硝烟袅袅，敌人的一枚炮弹在她身旁咆哮，他迅雷将她扑倒，鲜血染红了惊颤的粉黛乱子草。

■ 醉心

徽饶古道柳条颤动如烟的丝弦，将她叠涌的记忆拨弹。

文字是心与心的网线。他在她短小精悍的绝句小说中沉湎，她倾慕他的儒雅与博谈。夜半，他打出心念串串：我多想羽化成月的光纤，缠绕在你的身边。她轻敲键盘：傻蛋，有缘自会相见。

作协采风他俩相遇瑶里河畔，微风吹皱瑶河的漪涟，一波波潋滟。她浅笑纤纤，手捧《鄱阳湖文艺》叫他拍打卡照片，他慌忙摁下快门键，摄下一桥的心乱。

绕南遗址、汪胡村的仙女潭，驰响他一路旁征博引的妙侃，悠悠的眷恋摇曳于山水间。晚餐时，他频频朝她推杯举盏，酡红着脸，文友搀他回房间。窗外流水潺潺，藏不住的挂牵如藤蔓攀绕她心尖。

夜色深湛，她辗转难眠。"快睡，我没有醉酒，只是醉心。"他的微信遽然突闪。

■ 苦槠豆腐

晚风在流离的星宿中沉吟。连锁豆腐店楼台隐隐，她的记忆如飘落的杨花般缤纷。

岁月的扉页落满青春的粉尘。汪胡村密林深处逸出他俩捡拾苦槠嬉笑的声音，他神情较真："我若知青返城一定捎上你！"她低眉蠕唇："不许花言巧语糊弄人。"

徽饶古道挽不住离去的趸印，临别的黄昏，他表明心讯，情愫如瀑泻水奔。她泪淋淋："俺娘说门户不相称。"他含泪转身。她轻拭日记里情深的泪痕，藏匿一封封没有寄出的信，苦槠豆腐独树一帜倾注她全部的身心。

红尘叠错纷呈的紫堇，他俩邂逅在瑶里古镇，她打破拘谨的气氛："我的豆腐店欢迎你的光临。"冰臼大峡谷在他的相机内逶迤延伸，她陪他摄下天籁的音韵。一场烟花落幕的星辰，别样的豆腐在他的口里旖旎氤氲。

■ 舍不得你走

照片塑封不住秋冬交替的芬芳，她拾级而上，风拂卷汪胡村的秋凉。

绕南土窑捡拾碎瓷片的嬉闹飞扬窑灰的憧往。她的麻花辫黑又长总不经意将他的俊脸挠痒，矜漾他的心房。无羁的俏皮吸引他沉湎的目光，羞红土制的窑墙。

陶瓷学院放飞他俩的梦想，四年同窗留下多少挂肚牵肠。毕业那晚，情愫在低吟的戚吻中流淌，月亮在云层羞藏。他轻抚她脸庞："舍不得你回北方，永不相忘！"

时光倾透无法释怀的一厢思念去守望，他将情感投注瑶里的梅岭山庄，打造千年古镇的新模样，一批又一批的游客来往熙攘。他独看长廊亭台桃花绽放，眼含散不开的惆怅。

暮雾茫茫，他和她重逢在学院的笔会上，闪动的荧光定格他俩的同框。他欣喜若狂："还走吗？我正缺陶瓷厂厂长。"

■ 背后的拥抱

花影轻拥瘦瘦小路，她的花季备感孤独。

青春的心像衍出郁郁花簇。他俩邂逅在六都的花海深处，一袭紫衣似蝶蹁跹引他注目，他举起手机却拍下她手提包被抢的一幕。他奋力追逐，抢回失物归还原主。

她心生敬慕。追踪，杏目暗注。街角面馆，她坐他对面，争着支付。融洽交谈漫过心海的情愫，他心潮起伏："我爸妈病故，债台高筑，我是失学的遗孤。"

她想把零花钱的积蓄对他救助，可再也找不到他的去处。

三年后，瘦瘦的小路，骤雨倾注，她没带伞在树下踯躅，寒意蚀骨。他从树上滑下，给她披上半湿的衣服："别怕，我是躲树上偷看你走路。"面对惊呆的她，他直言肺腑。

她的家门外他转身离去。她从背后抱紧他："别走，我也是遗孤！"

■ 名花有主

秋雨潇潇，绵延夜的漫长寂寥。她取出紫玉梳左看右瞧，龙须如藤蔓在她心头缠绕。

砚雕展销会一阵喧嚣，她循声暗瞄，只见他手里一把紫袍玉梳琢雕绝妙、精巧，双龙齐飞隐喻一种特别的情调。他走近她："请你帮它配一句诗可好？"她含笑挥毫：龙腾云霄尽领风骚。殷殷攀谈如水涌夕照，暖化深秋的每一仄注脚。

尘烟袅袅，他已有女友却微信频邀。她回复：名花有主，请勿扰！随后将他删掉，悲伤的心绪为剧情画上日环食般的句号，迷离的身影如沙砾般粗糙，一缕酸楚她独自煎熬。

幽远的歌谣唱尽四季的缥缈，又一年砚雕展销。他托好友赠她紫玉梳和一张字条：弱水三千，只取你一瓢。

记忆的片段如零碎的羽毛，越飞越高，她的新男友在拐角正朝她招手微笑。

■ 梦回半途

夜深阑静的星空残留暗影，他轻揉困倦的眸瞳，记忆在笔尖娉婷。

深秋的脉络里枫红渲染他俩的相逢。他开会返回途中，意外爆胎竟忘带千斤顶。暮色渐浓，夹杂缥缈的沉重穿过季节窸窣的凋零。一抹由远及近的红戛然惊梦，她探出头问他："是否需要帮助？"他愣窘："急需千斤顶！"

高跟鞋袅娜她的风情万种，星月的浮光隐现她薄纱内的酥峰，他为之一怔，不禁动容，不敢直视她的眼睛。迷迷蒙蒙，他换好备胎归还工具："谢谢！"恍如幻境。

"哎呀，原来是你！"她高分贝的声音划破苍穹。"你不是在国外吗？"他心惊，祈盼一段等待已久的剧情被启封。"我回来送爸最后一程！"一只夜莺绝望哀鸣。

尘缘浮生，梦回半途的邂逅煞痒指缝，化为心峰归去来的葱茏。

■ 透风的木屋

曳飞的枯叶纷叠成深黄的浪潮将木屋的出路湮埋，佝偻的影子在湾畔徘徊，记忆的重门于波光中漾开。

时光倒影斑斓的色彩，他俩邂逅美院的一次跑步比赛。"这样跑得快！"他移动她的脚踝。哪知横生意外，她绊倒跌摔，殷殷血滴沁出膝盖。他迅疾奔来，满满的关爱嘘暖她的心怀。

毕业那晚他向她告白，纤云拥月就像香烟俟候火柴的亟待。木屋见证他俩拮据的爱，一幅幅油画倾透怅然与悲哀。琥珀色的花事沾捻尘埃，拍卖会他俩的画得到一女老板的青睐，不惜重金购买。

郑重的誓言轻浮成寒烟，冷凝成白雪皑皑，他的身影和着梦魇一夜夜颓败。他回信：别等我，卖画的钱已打入你的账户。残破的木屋蒙上厚重的阴霾，飘飞的黄叶遮盖他的影骸，像迷失的期待。

■ 蓝颜知己

晨光的隐影透过树叶的罅隙，洇红一片片斑驳的记忆，她重游旧地，百味杂集。

汽车驶过瑶里的崎岖逶迤，途中的风景她无暇顾及，晕车的恶心一阵阵涌至。他坐在隔壁，掏出的塑料袋彰显灵犀，她满怀感激："谢谢你！"他的眼神逸出一缕怜惜。

在相思亭远眺茂林时，叠涌的岚烟漾动他的心事："我俩结拜兄妹，你可愿意？"她的心掠过一波涟漪。

他侃侃释绎仙女湖的神奇，疲惫的台阶残留平仄的瞪迹。夕阳斜西，他的车扬起一尘不舍的别离。他探出头打手势：记得微信联系！

斗转星移，月光披拂夜的睡衣。他的信息：你才是我爱的唯一，那指腹为婚的未婚妻我会妥善处理。她忍住泪滴：不，我只想你做我的蓝颜知己。

一只蜂在枝叶间孑飞暗泣，它错过了花期。

■ 包场

霓光晕染一句句温婉的诗行，他朗读她的诗歌激情高昂，她禁不住鼓掌。

他俩邂逅万力广场。他的金嗓蕴含信州的一缕缕芳香，将她的幽潭炫亮。她裙裾的深蓝吸引他的目光，她的眼眸深处有散不开的惆怅。他轻轻对她讲："你写我读，我俩会是最好的搭档。"

多少花开花谢的彷徨，在浅吟的低诵中流淌。他应聘离开南方，颠簸一厢的儿女情长，让繁茂的心事搁浅在老牛湾的芦苇荡。

国庆假期他返乡，在新中国七十华诞的舞台上，她抚琴清唱，弹乱笙歌浸透的离殇。骤见他，她泪冲淡妆，他满怀期望："我真想包场！"一句沁心的话语暖了深秋的寒凉。

不远处，有一靓女朝他挥手神采飞扬，她脚步踉跄，摇晃心的凄惶。他见状心慌："她是剧场的跑堂。"

■ 叔叔大哥

　　焦虑的黄叶堆叠小区的悲欢，小偷盗窃太频繁。她掏出钥匙一转二转，忐忑不安。

　　一季的风景从他佝偻的清洁中弥散。她按时上下班，总朝不远处的他喊："叔叔早！"那天，一屋的凌乱昭示她家被盗的劫难，仔细察看，丢失两条烟、一罐零花钱。"这是惯偷！"他摇头喟叹。

　　时光倒映潺潺流水中破碎的璀璨，秋风掀起夜的凄寒。她又丢失保险柜里的借条和几张存单，毅然报案。办案人员勘查几番，看不穿无从揭晓的迷关，低吟浅弹凋零的遗憾。

　　又一季风骤花残。她开会回来晚，一黑影与她擦肩。突然，他以迅雷之速将那黑影按倒地面，将其双手铐牢，她愕然。他摘下头罩，欣笑灿然："我是来破案的公安。""原来你是年轻的大哥！"她心颤，一抹红云爬上浅魇。

■ 补品

岁月扬起心坡的流沙，挥洒爱的神话。

笑声滑过斑驳锦瑟的年华。"哥，小心！"他敏捷攀爬枝丫，衣裳刮破残留道道血疤，她俯身细察，心疼得眼泪哗哗。他轻拧她的粉颊："哭啥？"他捧着滚烫的鸟蛋一把："快来吃，这可是上等的补品啊！"

挂满枝丫的嬉戏温暖一季又一季的春夏。

湖边的蒹葭伴随他俩长大。凄惨的坍塌，整村遭日寇屠杀，游弋的孤魂在江山的血迹里叹诧。面对破碎不堪的家，他俩毅然参加武工队往前线开拔。

八年，风雨交加，街头深巷一片喧哗。她找不到他，犹如跌入万劫不复的悬崖，她的泪化成回旋的雨雾漫天飘洒。

梅树之下，她奔向他，他将了将她凌乱的秀发："我在找鸟窝呢！""你就是我最好的补品，傻、傻……"她突然结巴，脸灿如霞。

■ 诗中的泪

梧桐畈披拂落晖的锦袂，欢叫声惊醒莲蓬饱满的酣睡。她漫步荷堤，缅怀化成一池水。

他俩邂逅青春诗会，千亩莲池是诗会最美的点缀。她一袭紫裙衬托莲的翠绿嵌入他幽眸的深邃，没想她的太阳帽被吹飞，她急得直追。他连忙卷起裤腿，帮她将帽子取回。紧握的倒影如绽放的琥珀色蔷薇，她感激低眉："谢谢你！"一抹情愫凌乱池畔的芳菲。

他频频朝她举杯，她微醉，夜色难掩她的娇羞妩媚。他微信赠她一枝玫瑰："你的诗歌犹如这朵花一样美！"勉励的话语辗转她的无寐。

临别的车鸣一个劲地催，他的眼神潜藏浓雾的灰："期待下届再会！"转身抖落一地的疲惫。

又是一届诗会，她负责接待评委，却不见他，其中一人语气伤悲："他上月病逝于肝积水。"她暗暗垂泪。

■ 一串核雕手链

薄暮清辉拉长她惆怅的身影，一种无法梳理的心情，于核雕手链的纹理中沉凝。

枪声打破广平的宁静，敌机在苍穹轰鸣，掀起一地血腥。他放下刻刀怒火填膺，毅然加入游击队抗争。粒粒核骨澄莹，携伴尘世硝烟的暗影，他的核雕远近闻名。她奉命前去广平，用他的核雕店进行地下活动。

冷风凛冽飞雪的飘零，拂掠漫天的纯净。敌人逐户排查良民证，她藏入冰窖中，高烧不停，黯淡的眼神惊醒夜的酣梦。他用白酒擦拭她的全身，幽幽体香漾荡他的心旌。她病愈动容："谢谢你救了我的命！"

寒鸦声声哀鸣季节变更。一道纸令，隔断他俩心照不宣的憧憬。临别时，他心事重重："这一串手链赠你。"她的像在核雕上栩栩如生，奔涌她心湖的震惊，一骑绝尘洒落一路的涕咛。

■ 淌水

秋雨淋湿广平村的守候，她孤孑徘徊埠头，萤火虫莹亮一溪的清愁。

"哥，我不敢过。"水电站下游，她跺脚用力拽裤脚口，他疾步下水探了探深幽，紧牵她的手，未想半途她的凉鞋被冲走。慌乱中溪水湿透他的裤兜，她使劲拧，红扑扑的脸蛋藏不住内心的歉疚，青涩的情感逐波暗流。

指间溜走十几年的沙漏，他爸病逝，他妈撇下他不再逗留。口琴声声吹不暖冷月空楼，她感同身受，珠泪千行滚落万般担忧："我愿跟你一生厮守！"他颔首："等我雕砚手艺学成之后。"

几方寥落又萧瑟的静秋，辄印一个个青黄相接的签收。《中国印砚》陈列在鸟巢见证奥运的不朽，央视透露他是砚雕新秀。溪水倒影她凝眸的消瘦，远处的他含泪轻抚被刻刀切断的指头，转身挥袖。

■ 带刺的仙人掌

思绪在晚风中彷徨，她轻触缠纱的臂膀，记忆在仙人掌的刺隙间徜徉。

梦里梦外的芬芳在美院流淌。她调皮地将油彩偷抹在他脸上缤纷他绚丽的向往，他火辣辣的目光令她无处躲藏。她爸是跨国公司董事长，她不顾父母反对跟他步入婚姻的殿堂。拮据的收入容不得她浪费铺张，与日俱增的愤懑淤积她胸膛。

情感在忍让的沉寂中摇晃，他留下半页惆怅："你已成带刺的仙人掌，但我依然只愿惊艳一人的时光。"

樱花纷扬她三年的迷惘，他寄来一沓无址的汇款单，她守望一厢无法释怀的风烟与愁肠。"别死扛，快回家一趟！"她爸的电话骤响。她恍惚走到路中央被他的车剐伤，他心痛抓狂，是董事长叫他作陪返乡。

"女儿的眼光不赖，他确是一员猛将！"她爸的心敞亮。

■ 冰冷的花色

雾霭的心结露凝柏枝曳泪梧风洞数百英魂的凛烈。她苍白的脸与墓碑的暗影隐接，记忆如纷飞的蕨叶。

彩蝶翩跹的花晨夕月，他俩肩背竹篓在大茅山挖蕨，抑扬的侗歌和着泉瀑流泻，一瓣瓣的花红谢了又开，开了又谢，氤氲青黄叠错的季节。回旋的暮雪，热腾腾的乌佬馃却煦暖冬日的寒冽，定格成一幅他俩的特写。

缘生缘灭。他执意参加八路军匆匆跟她道别，她含泪声嘶力竭："等你归，你是我的世界！"硝烟的岁月反复更迭，琥珀色的思念于山道蜿蜒疏斜，蕨根在山谷孤孑。

时光覆殁他俩未拓写的青春章节，冰冷的花色在茂林深处凝结。一声声枪响划破梧风洞的夜，哀婉的音阶，在暴雨中呜咽。

她脚步趔趄心的空缺，轻抚苍劲篆体的圣洁，他的身影成为她梦境中的幻觉。

■ 野葛粉

笔如沙漏滤尽堆积的风尘，于大茅山的葛藤深处绵伸，野葛粉亮白她的日月星辰。

春花秋月丈量童年的足痕。落叶缤纷，他俩攒学费总去荒山挖野葛根，泥浆裹满全身，一枚枚长短不一、粗细不匀的葛根影绰支撑暖色的黄昏。洗、碾、晾、存，野葛藤缠绕他俩一季季潦草又繁乱的青春。葛粉积淀相互依托的情深，他戚吻她："你是我一生的剧本。"

梦图于现实的门，他被北方的亲爹相认，车轮碾轧深深的离恨。一个转身错过一世的命运，凋零的葛叶已无从定谳经年的络纹。

云烟滚滚，梦被笼罩失去缤纷，他的背影在她心头盘亘。匿名网友屡屡晒泡制的野葛粉，喟叹寻不到南方土腥味的香醇。

他字间的心痕暴露他的身份，她顿时乱了分寸，泪水涌奔："我要开发野葛粉！"

■ 牵挂

　　白茶洇绿山峦的脸颊，一层层翠叠她锦瑟芳华，茶花朵朵娉婷她不舍的牵挂。

　　风拂青梅竹马的花褛。他俩一起捡烟花、捉龙虾，萌生的心藤缠攀幼小的幽崖。长大的娃潇洒，大学毕业各奔天涯，他告诉她："有国才有家。"挥别的刹那，她潸然泪下。她茶系专业返家种茶，三山水湄的蒹葭，历经一季季的风吹雨打，却葱郁一片片茶叶的繁华。

　　岁月在尘世的流沙中嘀嗒，她执笔一厢难却的深情于文字中融化，邀采风团观光她新茶的嫩芽，哪知他就是远道而来的大伽。梅雨绵延小时的童话，浓醇的茶雾袅娜他侃侃攀谈的风雅，不羁的心如杯中的茶叶翻滚叱咤。

　　"三清山白茶……"他的语音电话，"爸，何时回家？"他柔声回答，她心如刀扎。他同事说，他收养的遗孤很喜欢他。

■ 蝴蝶岩的誓言

————————————————————

　　犷绵的梅雨迷蒙梵声袅娜的蝴蝶岩，她徘徊佛像前，尘封的牵念绕岩罅蹁跹。

　　如诉的丝弦衔接倾世的眷恋。"咳咳……"噼啪的柴火冒烟在岩洞腾旋，她将药草捣烂，在他的箭伤敷捻。她采茶遇见他气息奄奄，长笛遮掩苍白的俊颜。他醒转，伤感的心绪滑过他深邃的眼，低头喟叹："兄弟欲夺太子之位将我戮赶。"一场无力挣脱的梦魇，道不尽的凄婉。

　　嫣红的流云燃烧天边，他俩执手漫步童坞水库堤岸，柳絮和着笛声纷扬妙曼，一曲千古绝恋，漾荡一圈圈微澜。

　　韶光短，烟花易散。数名彪形黑衣汉闯入蝴蝶岩，他倒在血泊中的誓言："来世再见……"她毅然吞服苦草撒手人寰。

　　茶林层叠千年的期盼，她随采风团到相约地点，似曾熟悉的背影跪在蒲垫，回眸瞬间，泪滚脚面。

■ 错缘

冷风拂掠涕血的丹墀，城池在战鼓嘈杂中沦失。她轻绾镜中云鬓，泪染凝脂。

浮华串联一缕缕风月的记忆。她一袭裙袂在亭榭间飘逸，一曲高山流水从指尖湍泻荷池，剑气和着琴声惊起圈圈涟漪。他俩脉脉不语紧紧偎依，缠绵的花事伏笔一段潋滟的旖旎。

纷乱的社稷载不动山盟海誓，斑驳的言辞在国倾之际苍白无力，如流星坠落一刹那的绮丽。她含泪穿戴锦衣，不远万里与邻国太子结为连理，他挥剑斩青丝，辘轮碾碎她满腹的心事。

一道错乱的命题在边关平息，一纸完璧归赵的休书她返回故里。荷池中莲叶枯卷风干的残梦依稀，他目露鄙夷，转身离去。

滑落的泪滴迸溅她幽婉的凄迷，太子的话萦绕在耳际："我会在这里等你！"风儿嫁接没有落幕的花期，她心随车辂飞驰。

■ 憨瓜

　　一曲深情款款的《妈妈我想你》雨泣伤悲的梨花，心牵的远念杳渺成弹乱的琵琶。

　　回旋的雪花凄婉童年的风华。"看那六指的小手丫……"啼泪的纸箱在喧哗中挣扎，哄散的人影离曳纷沓。捡破烂的奶奶抱起她，取名憨瓜，掬起的新芽历经尘世的叱咤，在纷繁与颠沛中一天天长大。

　　学院柳树下，躺不住的情感融化成戈雅的一幅画，月亮羞涩隐匿云霞。他倾慕她的娴雅、无瑕，她钟情他贴心的话："我是憨瓜的藤架，遮挡风吹雨打。"她答："我愿一生伴你陌路天涯。"

　　他妈见到她，紧盯她六指和眉间血红的朱砂，泪水交加："你就是他爸抛弃的女娃！"他俩心如刀扎，爱的象塔轰然坍塌，顿时坠入万劫不复的洞崖。"他是抱养的，安心吧！"他爸声音喑哑，一抹悔意泗红苍颊。

■ 半杯橙汁

半窗青山一窗念，他凝眸半杯橙黄的湛沔，昨晚梦舟已穿越重重山峦。

霓虹幻彩盛满杯盏。台上的她妆扮妖艳，一袭半透的纱袂氤映雪峰忽隐忽现，一曲《站着等你三千年》从她樱唇逸出羞答答的缱绻。他冷眸旁观，将一声喟叹狠摁烟灰间。

"哥，小心点！"老牛湾，他敏捷攀缘树干，一枚枚黄橙在她摊开的裙褶里惊颤。她捣鼓的橙汁香又甜，令他垂涎，在她转身瞬间将她喝剩的半杯喝完。"馋嘴的坏蛋！"她努唇翻白眼，突然朝前，将他沾在嘴角的橙粒一舔，一股酥麻突袭令他全身犹如触电，乳状月光撒满小树林的蓬草溪畔。

陈墨点点落素笺，他俩警校毕业后未见过面。暗号骤闪：交易在 520 包间，有潜伏的警官。他携战友破门而入，她眯笑成线，一举将国际大毒枭围歼。

■ 凌厉的弹弓

晨风吹不散雾霭的弥朦，梧风洞睡眼惺忪。她儿子屏听竹林的鸟鸣，拉弓迅猛，击落的飞鸟一地扑腾。

时钟滴嗒萌懵的憧憬。夏蝉鸣噪午后的宁静，她跟随他屁颠的不停。"砰"又一只蝉被击中，她赶紧捡起，焦嫩的蝉肉熏香他俩漏风的牙庭，定格成一道铭心的风景。

四季兜转变更，情愫在彼此心湖澎涌。月亮透过树的罅隙偷窥戚吻的身影，体香幽沁心旌瑰玮他难舍的幽梦。

枪声划破德兴的苍穹惊醒梧风洞的黎明，敌人抓壮丁、戮杀老百姓，他带领民兵旋战在深谷悬峰，凌厉的弹弓百发百中，令敌人胆战心惊。大雪飘零她分娩的阵痛，却寻不到他的影踪。

新中国成立七十年典礼上，一老兵浊泪纵横，拿出她为他特制的弹弓："当时寡不敌众，排长临死赠送……"她泪濛眼瞳。

■ 心雨

冷风轻掀雨帘，淋湿了那一场如梦似幻，心雨漫漶冰溪河畔。

纤绵的轸念。她仰慕他隽永的诗篇，他喜爱她绝句小说的凝练。他被邀陪伴玉山采风团，她语音留言：期待见面！她乐得转圈，辗转难眠。一路的挂牵，海口镇的烟雨迷蒙醉心的馨漫。

晚餐，酒香袅氲他的气度非凡，频频交盏，惹了满怀的心乱。他俩漫步护城河边侃侃倾谈，潺湲的情愫在波光中澜卷。他递给她名片，她细看，惊颤。

学历悬殊是一道横亘的天堑，他妈求她斩断与他的枝枝蔓蔓，她含泪点头跑远。月牙何时圆？天涯望断，唯有梦里双蝶齐翩跹，一曲红尘叹。往事如烟飘不散，她凝眸合影照里他灿笑的脸，愁与怅缠绕心间，暮霭流岚折射光影的孤单。

作协又采风大茅山，骤然相见，泪水模糊了她的眼。

■ 心路驿站

夕晖穿透莲叶上的雨珠潋绣粼粼纹波，她蹙眉挥毫，笔下成錾，却画不出伤心一抹。

轻掀时光的帷幄。同学同桌又邂逅水泊，她在画板上勾摹粉荷朵朵，他油彩叠呈对面的翠坡。他指着画嬉笑对她说："我想在此处搭个心路的驿站等你安歇。"软语羞红她的脸颊幽深一对酒窝。

三天朝夕相处的契慕漾荡难舍的厮磨，他俩互赠画，依依话别，离绪袅娜于凝睇的落寞。他将玉手紧握："期待梦树开花结果。"

岁月在念想中蹉跎，他如闲云野鹤消失在别离的长河。她轻抚画里的陡坡，眼神在驿站空白处定格。荷花节她欣然前往观摩。画、梦如同一辙，古雅苍苔的"心路的驿站"就像坐落在她的心陌。

熟悉的背影，她大声吆喝。"他病逝多年，我是他哥。"她积渊的珠泪簌簌滚落。

■ 夏日红莲

碧波缱绻盈盈水湄，老牛湾的红莲娉婷着仙女的娇美，他取出画架凝眸湖心紧蹙剑眉。

"隆隆——"一道闪电划破苍天的锦袂，他在勾画殷红的莲蕊，不想半途而废。又一声惊雷，豆大的雨点溅起泥灰，画纸吹飞，他心碎。突然荷叶间犁出一艘扁舟，"给！"几张硕大的莲叶暖透他的心扉，他慌忙包画纸来不及看是谁，唯见一袭红纱飘逸船尾。她的倩影萦绕梦魇多少回辗转他的无寐。

夜风轻叩门楣，他在宣纸上尽情挥毫她影像的妩媚。

花落花碎，他的画数次参加颁奖大会，那场骤雨在他心空一直追随。他又奔赴老牛湾期盼邂逅的迂回，夕阳斜晖，远见湖心岛歪脖树旁有一红影，他扑通落水。湿透的红裙裹着他心疼的愧泪，她俯身半跪，不专业的人工呼吸令他在唇香中迷醉。

■ 滚烫的豆腐花

　　初夏的风吹不凉豆腐花的滚烫，她无处安放的念想在乌石头村徜徉。

　　他俩邂逅新篁。"真香！"她舀一碗豆腐花露出垂涎的馋相，凝眸瞬间他按下快门定格别样的芬芳，她不羁的嬉皮吸引他的眸光洇红她脸庞。他俩同住一栋民宿房，在古桥撞见难掩彼此的欢畅，树影摇晃寂然的夜色泱泱。他对她讲："我大学毕业回到家乡……"磁性的声音掺拌蛙虫鸣唱流淌，冲塌她尘封的心墙。

　　迟暮斜阳折射一地的离殇。他紧握她柔掌："期盼你再来吃豆腐花！"花事未央，残留背影两行。

　　四季兜转萧瑟流光，梦影绵长。她随采风团直奔老地方，四处张望，唯见柴豆腐满溢清香，她蹙眉的忧伤说不出的怅惘。他匆匆赶来，欣喜若狂："我的豆腐花还是旧模样，就等你品尝。"笑弯了月亮。

■ 崖柏手链

初夏的风拽拂柳隙的落虹旖旎河面彩斓点点，她蹒仃桥栏，苍抚崖柏手链的十二枚浑圆，十二份眷念化蝶翩跹。

青春的时光牵挽硝烟漫漫。他俩同在黄埔军校电讯班，嘀嘀的脆音纷扰灵犀的心弦。毕业那晚，灯火阑珊，月色如酒醉心田，他赠她自制的崖柏手链一串，热望满眼："但愿有相聚的一天！"

日寇的毒剑行动肆虐国土弥散，国共携手侦破敌台声声痉挛她的心尖，熟悉的手法一驰一缓，追踪车循源在静寂的巷院。破门的瞬间，骤见他跳窗时惊愕的脸。

冷雨在朱阁茶楼漫溻，戏台袅渺古老的唱段，她在见与不见中纠缠，应约上前。突然，鬼子蜂拥而入，他闪电般塞给她解密本持枪救她脱险，急切低喃："请帮我交给八办。"慌乱推扯中崖柏断链，粒粒余香撒满地面。

■ 流泪的泳装

揭开时光尘封的霓裳，她轻抚泳装泪涌瞳眶，他的诺言在耳畔回响。

记忆在亦梦亦幻的剪影中浮荡。一根筋勒扼舌的滋长，如蛇缠扰她幼小的愁肠。他俩大学同窗，他惊艳她缄默的涵养，她暗恋他拔萃的倜傥，共同的喜好相携他俩在游泳池尽情徜徉，情愫褶伏水底掀起一波波狂浪。

毕业那晚月亮匿藏，冷风吹拂池畔的惆怅。她泪湿秀庞，他将她掌心的泪握到滚烫，目光悲怆："你是我一生的守望！"

岁月抹不去铭心的过往，行李箱装满她的思念直奔他的方向。一则启事吸引她的眸光：高薪急聘一名美女游泳健将。面试主管热望满腔："建设局长有坚不可摧的心墙，唯有游泳的弱项。"她游向似曾相识的模样，他惊喜若狂，"是建筑老板聘我靠近你身旁。"她结巴着心殇。

■ 鲁宝刀削面

树影摇晃轩窗冷瑟的凝望，斜阳装潢菱墙，刀削面牵扯她绵长的过往。

刀削面培训班放飞青春的梦想。他削的面薄滑筋道软香，她娇柔的馋相招引他热辣辣的目光，如鹿乱撞她的心房，他将笑意深藏。

风声泱泱倾诉毕业的怅惘，她家在南方，临别时，他为她煮刀削面配上特制的汤酱。她泪如雨淌，残留他一肩湿润的离殇。

南与北的牵念穿越山水化成诗句千行。他写：树叶青了又黄，大雁捎去满腹惆怅。她写：枯叶虽凝霜，冰河阻隔不了一世情长。季节交替心的芬芳，他俩守望无数昼夜的风烟与浅唱。

廊亭桃花尽情绽放，建国七十周年征文颁奖，他欣喜若狂。鲁宝牌刀削面作礼品奖赏，他满怀热望："你可愿当这品牌的老板娘？""我是替姐前来领奖。"她泪水汪汪。

■ 马灯酒情缘

    龙潭湖的雾霭袅娜她绵延的牵念，她独倚凭栏，醉眼蒙眬一波波的微澜。

    谷雨纷扬伞尖镂雕剔透的题联。她被列入诗会朗诵名单，他是策划人员，微信留言：别说上不了台面，要自信满满。绿皮车滚碾她一路的不安。

    图配诗的动感诗意幽婉精彩的诵演，掌声不断。她秀眸顾盼："你在哪？想见老师一面。""好，湖畔见。"他回复吐舌笑脸。

    暮晖温煦漾荡的漪涟，倒映颦眉浅笑的旖旎画卷。晚餐，他提着马灯酒把盏一遍又一遍，灯焰洇红她的腼腆，酒香撩挠他俩的心照不宣。四月的落瓣，循遁季节深处的片片弥散，于无声中湎陷。

    岸柳如烟彩蝶又翩跹。他的俊颜在倒影中浮现，她愕然，他灿笑连连："你这次将马灯酒当诗眼？""因它是我最美的眷恋。"她羞涩跑远。

■ 吉他的哭声

锥心的悲恸弥漫在凉山的岔路口，冷泪戚吻班副幽深的血眸，缅怀在吉他声中倾透。

梳理一段风华正茂的沙漏。他俩邂逅深秋成为消防战友，在火的边缘并肩战斗，时光辄印每一个噼啪的夜昼。"兄弟，快越过那条山沟！"班副频频对他大吼。挚友情在熊熊的烈火中腾升融入茶前饭后的吉他合奏。

一枝独秀在班副的青春章节里逗留。明月筌篌，一樽红酒难解情愁，吉他倾诉思念悠悠，班副凝眸满天星斗，喃喃不休："她又美又温柔，我要跟她一生相守！"

昨夜风狂雨骤，梦断雷击后。他们奔赴木里迷失在万劫不复的火光里头，危机档口，他竭力推班副背后舍命相救。只见吉他依旧，歌声已朽。班副身着白麻衣轻抚他坚挺的遗容泪水涌流："你怎能狠心抛下兄弟一个人走？"

■ 白果蜂蜜

　　比糖稀还黏稠的痴念化成细雨纩绵，在他俩曾躲雨的屋檐滴答成线，一抹湿润的甜沁透他心弦。

　　"给你一瓶白果蜂蜜！"稚柔的声音响彻耳畔，不安叠迭他垂涎的眼。"真甜！"他伸出舌头舔了又舔，她咯咯笑着跑远。十余年的光阴流转，他俩总结伴、撒欢，萌恋的藤蔓攀缘校园的篱垣，在迷离深处沉湎。

　　风卷葛源镇的云烟，一季的风景从时光的门楣颓散。她爸为完成她妈的遗愿，送女儿去国外学画发展。冷雨戚叹别离的伤感，他俩躲雨在桃源居的屋檐，一声声再见，一次次回返，洒落一地心乱。

　　花开花谢崇山，白果满园，他精制的白果蜂蜜一罐罐畅销国外的网点，他前去签约洽谈。一幀《白果蜂蜜》巨画在网店大厅高悬，署名竟是她。聚餐时她几度潜然，他泪滚脚面。

■ 哭泣的白桦林

三千花簇，祭奠尘世间无法解禁的痛楚。她轻抚黑白照中他坚挺的装束，昏厥几度。

冷风撩开十年前的帷幕。教学楼在巨震中倾覆，扬起漫天尘土。她蜷缩在墙角逃过劫数，他是消防员加入抗震抢险的队伍，"小妹妹别哭！"一声声戚唤将她惊悚的心灵安抚。她父母在断瓦残垣里踏上不归路，他对她一直援助，她如愿考入名牌大学就读，难抑如堤溃的情愫，她将爱慕倾吐："我要你一辈子的守护！"

花开花又簌，他俩执手漫步紫陌，指间递透彼此的温度迷醉在白桦林深处，思念无终点的放逐。清明奠祖，她返回故土扫墓，他留言：我接到灭火任务……

只见白桦林腾起烈焰的浓雾，一阵阵凉意彻她心骨。雨泣风诉，殉难名单公布，她泪水如注："你怎么舍得让我孤独？"

■ 野草莓

　　时光深处纷乱的记忆与承诺，残留一地殷红的斑驳。她的轮椅碾压田庄抹不去的落寞。

　　反动派疯狂杀戮，炮弹在老牛湾穿梭。"砰砰"乡亲们躲在地窖里难忍饥饿，他俩摘来许多野草莓、山果，一次次冒险擦燃爱的烟火，情愫游弋在阴霾的苍天如浓厚的云朵。他对她说："将敌人杀光，咱俩才好一起生活！"

　　风华在硝烟渺渺中袅娜，撰写不屈的恋歌。月光影影绰绰，她和代号"野草莓"接头差点被掳获，子弹擦耳掠过，她被推坠陡坡。"是谁救了我？"她揣摩，似曾熟悉的轮廓在脑海叠错。

　　岁月淡淹，他湮没在几十年的别离长河，留下尘封往事颠簸她的静默。飞鸿终在新中国成立七十年庆典的功勋席落座，他浊泪婆娑："我以'野草莓'的代号在敌特工作……"她珠泪滚落。

■ 邂逅腾黄角

　　惠风吹皱司铺乡粉红的花涛，熙攘的游客欢聚腾黄角。她身着霓裳穿梭桃林似仙女般妖娆，记忆凝蹙眉梢。

　　开幕式彩台上她诵读鹂转如百灵鸟，他戴着猪八戒头罩，却笛声渺渺惹乱她的心跳。台下，他偷拍她的窈窕，她嗔恼："请你摘下头罩可好？""想窥视我的容貌？"他灿笑将头直摇。风儿轻绕，花儿含笑，他俩在桃花丛中交替拍照，落满一树的嬉闹。

　　握别，他拿她的手机输入他的微信号，转身将头罩摘掉，轮廓在夕阳晚照中别样的孤寥。他微信闪耀：'我愿为你搭建爱的城堡，白头偕老！'彼此的牵念穿越山水于风月的章节里纤纤缭绕。

　　岁岁朝朝，腾黄角又花香袅袅。她落寞心躁，漫步桃林栈道，突见远处一身影戴着头罩朝她缩头探脑，竟是初恋发小，她珠泪狂潮。

■ 姜石奇缘

朝阳穿透纪桥包子店的轩窗映红她的脸颊，她玉手熟稔捏拿，一枚枚包子浑圆俊雅。

"啊！"她失声、暴汗蜷缩到案板下。诊察，严重胃脘痛，锥心的疼似天塌，返回的路上她泪雨钹滑。

玉兔在药臼里捣遒普天下的牵挂。她疼痛难忍走下桥坡按腹回家，济商古道上夜行出诊的他勒马拦住了她。夜风吹寒她的哀叹，悸动他心中的药匣。

状如生姜的奇石堆满他宝莲堂药铺的旮旯，他指着它："这料姜石是中药奇葩。"他碾碎一小块煮茶，她和着淡淡的土腥味仰颈饮下。

风月喑哑，花开花谢的桃树又吐新芽，她去复诊，医生瞠目惊讶："各项体征极佳。"他含泪为她披上婚纱，幸福尽情挥洒。她关闭包子店，成为宝莲堂二当家，由绎出宝莲堂姜石专柜她和他医的佳事、爱的神话。

■ 难忘的誓言

　　胡琴如诉的弦音穿透旱田村的执念，在一段衔接不上的音律里沉湎，浮光掠影的记忆成为她惘然的眷恋。

　　那年溪畔絮柳如烟，她远道而来与他在笔会遇见，他挥舞鲁提辖大刀和着琴声潋漾水纹一圈圈。凝眸一式内藏三环摇转，崩打豁挑劈砸奥妙无边，勾挂排剁进守莫测变幻，她的心被他矫健的身形牵缠迷乱。三天相处的时间太短，藏不住彼此惜别的流连。他许下誓言："你是我一生的期盼！"

　　难忘的誓言穿越新篁山水铭刻她心间。他微信闪现："花开花谢一年又一年。"娘临终的话响彻她耳边："照顾爹，别去那么远……"她潜然留言："别等我，我心已变。"残梦一帘辗转她的无眠。

　　她随采风团直奔平港景点，落日余晖映染他的孤单、扯疼她的心弦，骤然相见，戚拥一怀幽婉。

■ 梦里花落

　　春风的弦歌触水漾绽莺花朵朵，他凝眸西湖柳丝刘海轻扬的轮廓，于泱泱暮色中临风长叹锥心蚀骨的悲喜离合。

　　时光在湖畔的紫陌与朱阁间穿梭，他俩青梅竹马总挨靠云窗同坐，笑剥莲蓬咀咏当歌。那晚蕙风拂开尘封的心锁，她羞答答对他说："你就是我今生的依托！"

　　他俩十几年医学的求索，鸿声在美国的苍幕划过。他执意返国救援，她突然神情落寞："分手吧，我现在不能回国。"她泪如琥珀，在密执安湖无助滴落。他的心蒙上一层荫翳的涩，远方的婀娜如梦中的花瓣辨不清脉络。

　　季节穿过繁复缤纷的青荷，他将莲蓬轻轻剥，以往相爱的画面倒影叠烁。他直奔她家不甘示弱，她母亲泪水滂沱："同你分手因她已感染冠状肺炎此横祸，未料美国竟视人命如草芥。"

■ 红色高跟鞋

岸柳戚拥春雨氤氲丝纶嫩绺，她紧蹙眉头，怀揣一只红色高跟鞋伫堤凝眸，记忆逐波漂游。

杨家河上的扁舟泗过童年的沙漏。小时候，他总约她去河埠捉黄鳝、泥鳅，光腚白溜，她遮袖藏羞，青涩的情愫懵懵地流过十几年的白昼。他名列理科榜首，她是文科一枝独秀。多少的风疏雨骤，他留学高就，离别的入口，他塞给她一包丝绸：一只红色高跟鞋，便转头嬉笑挥手。

风月呢喃几时休？她聆听潇潇细雨独弹箜篌，一樽樽红酒入喉，千丝万缕的情愁覆水难收。闺蜜毅然将她推荐《非诚勿扰》节目解忧，霓光下她又见一美女被牵走，心不禁颤抖。

突然，一男嘉宾举着一只红色高跟鞋细说缘由，一阵阵掌声瀑涌她的泪流。他奔上前眼神溢柔："傻胖妞，快跟我走，祈盼你太久！"

且听风吟

■ 心乱老牛湾

风将芦苇荡的莺语拂乱，思念的烟波于老牛湾褶叠皱澜。她凝睇石桥的青逵弧线，记忆沉溺清冽的半圆。

鹠鸠声声幽啭，扰怅心弦。傍晚，他暗号不断。"快尝尝鲜！"他捧出一把香喷喷的鸟蛋，边剥边喊。"别烫着。"他嘟着嘴朝她嘴吹，羞煞岸芷汀兰中涨红的脸，纷乱的心鹿蹦蹿。

"咻咻"的信号灯穿破青灰的天，他俩急往回赶。只见娘整装备鞍："爹说一道上延安。"他愕然，来不及跟她说再见。爹掌管京杭的运粮船，屡次对八路军支援。

飞雪几度漫漶河岸冰冻的牵念，回旋的雪花满载她心事瓣瓣。轻敲键盘，她撰写建国锦章一篇篇，惠风徐徐入卷，却抒不尽她的纤红凤愿。突然，澳门归侨的采访画面在济宁台闪现，他坦言："我溯洄寻缘！"泪水模糊了她的眼。

■ 爱的奴隶

百转千回的芳菲在流光碎影里成堆，她登临凤凰台紧蹙愁眉，思念匿于汩汩的环水。

炮弹在微山岛纷飞，残阳隐退。他俩竹马青梅，骑他背是她童年最美的点缀。他俩加入游击队，炮火描绘年华绮丽的深邃。一枚子弹射嵌他的大腿，高烧昏睡，军医叹喟："无药麻醉，但不手术会残废。"她按住他，白雪飘红泪，滴滴坠疼她的心蕾。

冬去春又归，爱的暖阳还未焐热青梅蕊，他得回部队。天色黑灰，她泪眼相对，他轻抚慰："我愿让你一生骑背，等我回！"战马扬起她一地的心碎。

季节几十年重复交汇，她在新建的烈士墓碑前憔悴，枕着他的名字入寐。她被邀参加新中国成立七十周年联欢会，一失忆老兵苍颜伤悲："我来自台湾，有些事与愿违……"记忆如花香般唯美，她泪溃。

■ 望眼欲穿

浮尘飘飏，熙攘的孔庙香雾袅梁，烛焰晃漾他的怅惘。

别离的倩影剪辑于旧相册里的灰黄。"给你牛皮糖。"他的小虎牙在烛光下晶亮，他轻嚼细尝，如拥有冬日的一缕暖阳。他俩在殿堂、门坊间捉迷藏，麻花辫蹦击她的碎花裳，咯咯的笑声沾满沁甜的糖香，懵萌的情愫在十几年的时光暗淌。

烟雨重帘天色弥茫，她约他孔庙外的红墙旁，神色悲怆："我要随爸妈去香港！"一句离殇，凌乱季节的芬芳，他哭着狂追任沙砾扎破光脚掌。

萧瑟流光漫纩，他当上旅游局长，但幽深的远方满载他的臆想，迟暮下的候鸟怎能迁徙初心的酣畅，尾翼犁划难舍的过往。

新中国成立七十周年联欢会上，一港企高管和她十分相像，发言时满目凄凉："妈临终叮嘱我不能忘本、投资故乡。"他泪千行。

■ 初春的伏笔

　　她孤伶裹紧初春的怵栗，伫盼凝眸纷飞的雨滴，无助的伞花回旋桥下涓涓的流呓。

　　冷风拂挟一裳往事。"报告老师，她打游戏。"同桌又告密，老师脚步迅疾，"啪"的一声，手机被狠摔在地。从此，怨恨埋下伏笔，泛滥在月考名次。她暗暗发誓："我要超过你！"他的嘴角扬起笑意。

　　时光蹚过高中逐鹿的媲迹，他俩名次迭替，芬芳一季季。放榜日，他俩成绩并列全县第一，她惊喜不已，忐忑拨通他的手机："老桥头见可否？"多少角逐的记忆氤氲萌动的情愫溢满她心的罅隙。

　　月光迷离，他俩相视而立。她羞愧打破沉寂："真想抱抱你！"他笑嘻嘻："可不能以身相逼！"他塞给她一纸包东西，转身离去。只见一行字："你妈给我银行卡监督你，单亲妈不易，好好珍惜。"

■ 砚雕缘

冬日的江南烟雨披肩，她凝眸灯火阑珊的冰溪河面，雨丝袅娜绵纤，浸染她一河的思绪漫绻。

那天，细雨纷飞一场约见，她采访的砚雕文章，将付梓出版。他不善言谈，径自取出一些砚雕作品给她看。细观一方云水砚，深、透、镂、点、线、面完美结合于刀间，花鸟鱼虫活灵活现，她惊叹连连。

突然，大门上一副石雕的鎏金对联："天朗气清水流云在，松茂柏悦竹笑兰言"，跃入眼帘，这是她妈写的对仗不工整的楹联，她心颤。他眼神黯淡："七岁时父亲生病撒手人寰，母亲抛下我改嫁不管，只记得这对联。"一抹牵念在他的眉宇间舒绽。

世间冷暖，红尘恩怨于繁华错落中蹦跶。妈妈已病逝多年，临终前抓住她的手泪珠成串："找到哥哥……"哽咽的话里愧疚万千。

■ 一副对联

细雨潇湘，微风拂凉湖畔的雕像，殷殷的红豆倒影满湖的过往。

那年他被贬停歇在厢房，双目凄凉，她走遍深巷，借尽碎银给狱卒犒赏。他热泪滚烫，叫她拿出笔砚纸张："我写一副对联赠你，来日方长。"苍劲的篆体字情愫暗淌，她将它小心典藏。

泱泱的月光流觞，弥留多少怅惘。她执笔临摹对联千行，一横一竖撰写无尽念想，默默守望。

一曲重逢的清歌焚唱，浸染十几年的风霜。一道圣旨撩开苍幕的亮光，他重返朝堂。"哒哒"的马蹄声在她房前踏响，她惊喜异常，却见一姑娘轻舞霓裳，神采飞扬："我表哥公务繁忙，吩咐我馈赠你一些银两。"毫笔从她掌心滑落重重摔在地上，泪水禁不住涌出眼眶。

"休得无礼！妹哪能擅作主张？"他一身戎装，气宇高昂。

■ 一袖念

　　烟波影影绰绰，她凝眸一方倒映的山廓，记忆在云水间落拓。

　　风花雪月在紫湖穿梭。那年花影斑驳，她跟爷爷背起采药的竹筐，云儿从掌畔飘过，一路坎坷。不料爷爷摔伤大腿骨骼，药烟袅娜千万朵。他是她的邻居胖哥，闻讯赶来，灯火屡弱，瞅她满脸如炭灰抹，伸手轻轻摸了摸，剑眉紧锁："你快一边歇着，哥来做。"淡淡的话语暖了她的心窝。

　　星光穿透老樟树罅隙闪烁，他俩频频相约土城村紫陌，情愫随树叶婆娑。那晚百盏灯火凌乱分离的衬托，照亮无尽的萧索，他将她玉手紧握："我想去城里漂泊，等我。"

　　大雁往返一拨又一拨，树影空叠交错，她提笔点墨，绘不尽匆匆那一诺。"画得哪像我？"久违的声音颤震她耳膜，只见他笑得前仰后合，一美女在旁乐呵呵。

■ 无言的结局

冷雨在紫伞上飘飘洒洒，风雨声叠错交杂，尘封的记忆在司铺乡的腾黄角风化。

岁月蒙纱。他俩青梅竹马，拮据的日子他总穿破旧的鞋袜，她时常嬉挠他露出的小脚丫，在打闹中流逝十几年的锦瑟风华。他温文尔雅，在她的日记本许诺爱的童话："我是蝶，你是花，但愿与你共守晚霞。"表白的无瑕，羞红她的脸颊。

哪知枪林弹雨倾城而下，他毅然参军奔走天涯，留下一句未说完的话："等我回来就成家……"高猛的战马飘扬一路迷眸尘沙。

兜转的春秋冬夏，全国撤离各关卡，一片喧哗。世界太大，她找不到他，他的誓言苍白她的华发，唯剩余音喳喳。

玉山采风团来官塘考察，一男子酷似年轻的他，那男子哽咽回答："我爸当时被抓，难禁酷刑拷打，自杀。"她心如刀扎。

■ 你真丑

夕阳洇染红叶曼舞如许的空灵，恍若幻象的梦境。她剪剪长睫忽闪掩映似水的眼瞳，拾级武安石阶袅袅婷婷。

往事在枫叶的罅隙穿行。三山旅游节设在武安山顶，摩肩的头影攒动，她娇小穿梭于人流中。"哎哟……"她循声，只见她的尖跟正踩在黄皮鞋上，慌乱间又蹭了几蹭，"对不起！"窘得她满脸彤红。他强忍疼痛，嘴角的笑有点僵硬，如瀑秀发香淌他的心旌。

天意冥冥。他竟负责秀美乡村采风，阡陌溪边拍下心跳的合影，日斜苍穹，氤氲半边青红。他将她照片传送，嬉笑重重："你真丑，丑得令人忘不掉。"她愣怔，一路静默不吭。

又是旅游节，他朝她招手，萌萌的情愫在她心中溪涌。微信炫亮手机屏："我的暗语你都不懂？"一帘葱茏，醉了秋枫，她泪眼蒙眬。

■ 扬琴泪

燕子窝满载初冬的芳菲，她轻抚扬琴紧蹙秀眉，难抑眸间的一行清泪。

弦音深邃，空蒙岁月的高山流水。他俩同在大学乐队，她的扬琴与他的长笛搭配，渺渺清音成为舞台最美的点缀，心与心的交汇诉不尽诗意的美。

毕业那晚他手捧一束玫瑰，吹奏《天意》向她敞开心扉，袅袅花香和着笛声旖旎一地的月辉。

烟雨霏霏，她携他一道回归。妈妈竟冷眼相对："天南地北，那是遭罪！"一道闪电划破苍幕的青灰，他眼神伤悲："与你相识，不枉此生梦一回。"钢轮滚辗她一车的心碎，落寞枝蕊分离的结尾，片片花骨难成堆。

世事百转千回。灾后义演晚会，她弹奏《梅花泪》，曲调幽婉仿若雪花在飞。"是你吗？"他俩异口同声，霓光难掩他的憔悴。花逝已花非，她不禁泪溃。

■ 拆迁

拆迁的春风在燕子窝上空盘旋，左邻右舍忐忑窃谈。她凝眸棚改方案一栏栏，心黯然。

"兰兰，快来扎麻花辫。"婆婆的声音响彻耳畔，三股辫因编织不匀宛若山道崎岖蜿蜒。她灿然，屁颠屁颠去上班，心底的暖流一阵阵泛滥，如绝美的蝶翼蹁跹。

阴雨淅沥绵延，婆婆突然腿脚酸软，栽倒地面。她急忙送往医院，血糖超标值扯痛她的心尖。医生喟叹："诊治太晚，随时有生命危险。"婆婆的上臂留满扎胰岛素的针眼。

"听说马上拆迁？"晚餐，婆婆执意为她炒蛋饭，"好吃吗？""好吃！"她点头，眼泪在眼眶打转，其实很咸。夜半，婆婆竟撒手人寰，浓郁的蛋饭香味和着青烟袅袅于时光的深处搁浅。

半生的题联，撰写不舍的诗篇，她心酸的泪滴疼燕子窝的断瓦残垣。

■ 八卦石奇缘

春风拂掀《易经》惊扰他参悟的静谧，他凝眸旋转的八卦石，眯笑的眼神循着方位游离。

风和日丽，他俩采风女娲庙遗址，遁入圣地，穿越时光缥缈的音律，远祖呼唤冥冥的天意。一股如梦似幻的雾气，驱使他俩步入八卦山的西侧，只见一对巴掌大的八卦石躺在地，石上的卦语诠释那千古神奇的奥秘。

尘途羁旅。临别时，他竟口吃："这块给你……上天所赐。"她放入背包里。

时间的羽翼飞过一个个潮汐。他发信息："我透过千年的沉寂寻觅，八卦石未曾解开的谜底。"她含蓄："一道无人搭理的命题，被寒光折射在冬眠的花季。"

候鸟迁徙，暖风习习。他俩在西侧小道相遇，他嬉笑涎皮："冬去春来，八卦石不停运转的玄机，就是阴阳鱼的异体合一。"她顿时面红耳赤。

■ 山谷的思念

晚风狂卷落叶在山谷回旋，凌乱的画面迷蒙蹒跚的孤雁，声声哀鸣倾诉万般思念。

"一二三，快砸金蛋！"舞台上的他伟岸、粲然，她抡锤轻砸椭圆，他灿笑连连，观众欢声一片。

世事游离似的变迁。她传媒大学毕业后实习播音员，他是电视台总监，一次次语音陪练，他不厌烦校正一遍又一遍，汩汩的情愫在翘舌与后鼻音间潺湲。

三个月太短，她得返回江南。临别前，他约她去老家山谷游玩，穿行于夏天，踩碎残叶片片拽心尖，离别愁绪随崎岖谷道蜿蜒。他突然低吟轻叹："期待能与你在此再见！"她浅笑纤纤舒绽在秀眉间。

瘦笔写不尽风雨流年，他乘坐的公交车撞飞护栏跌落山谷深渊。她连夜奔赴出事地点，他的话语依然响彻耳畔，却成了渺远的遗言。她泪沁心瓣。

■ 微山湖的牵挂

微山湖纷乱的剪影如暮雪般无瑕，倒映她不舍的牵挂。秋风萧拂她两鬓的白发，她独伫湖畔怅望夕阳西下。

迷离半世的往事已风化。他俩从小喜欢画画，一起将微山湖的风景涂鸦，指尖的流沙漫过十几年的瑟华，暗滋爱的萌芽。

哪知飓风交加，日寇的炮弹在湖边的村落轰炸。他毅然率老百姓一拨拨藏匿湖中的蒹葭，却不见他，她心如刀扎，一曲难却的思念于画中挥洒。

秋色浮染半个多世纪的白桦，改革春风吹绿微山湖旅游规划，海外旅客叽叽喳喳，一片繁华。她将毕生的画展示，一幅《微山湖的牵挂》令一台湾老画家泪滚苍颊。她惊诧，趋步上前双双呆傻，他脸上多了一块伤疤，他喑哑："我当年被抓遭毒打……你还好吗？"一行行清泪滴疼碧波绿化，漾动一圈圈浪花。

■ 融不化的冰

秋风撩拂梧桐树叶残破的红，吹落季节的臃肿。她凝眸苍穹，青葱的记忆被启封。

过往的剪影隐隐浮动绕过指缝。她考上哈尔滨理工大学，透明的冰凌晶莹她七彩的梦。

严冬，大雪飘零，零下三十几度的天气骤冷。她来自饶城，难以适应频频生病，太多语焉不详的命题来不及弄懂。他是班长帮她补落下的课程，嗓音磁柔袅腾，温暖夜幕低垂的冷濛。他总板着面孔，对她的柔情无动于衷，她难忘他离去的脚步声。

冰雪消融，万物苏醒。新学楼不见他高大威猛的身影，如风筝断失沛然恢弘的影踪，她四处打听：他爸患尿毒症，他休学打工。

春寒露重，流水幽咽哀婉的偈颂，她揣募捐款直奔他家中。他见她愣怔："你怎么会来？""我想融化你这块冰。"她泪蒙眼瞳。

■ 首吻

　　一场赛事的角逐，衍生他对 360 图书馆轹印的驻足，一篇篇原创文复制她的空间记录。转藏、献花、赞赏，他为她忙碌，名次如跳动的音符。

　　往事随秋叶旋舞。他俩邂逅笔会，共同的文学爱好缔结多彩的花簇。临别时，他约她独处：一朵思念潜入心湖，微澜无数。她羞涩回复：万水千山的隔阻，唯有却步。江南烟雨将她的心事绵延倾诉，北方风雪冰封他至真的情愫，寥寥的情书如大雁迁徙往复。

　　十几年的光阴如云似雾，微信 QQ 发展迅速，文字消遣她的孤独。她无意间在百度阅读他的《首吻》名著，颤动指尖加他好友，神情恍惚。

　　久违的头像闪动在屏幕，她轻轻敲出："你好！"心绪忐忑沉浮。他表情痛楚："你是否名花有主？《首吻》是我的归宿。"她心潮起伏泪眼模糊。

■ 金黄的柿子

一枚枚柿子装满她苦盼的心思，秋风习习穿彻柿叶的罅隙将如烟的往事扬起。

"石头哥，用长竹竿。"他握紧她稚嫩的小手一起拍击，她趔趄不支，咯咯的笑声连同他和柿子滚落一地。青梅竹马的欢乐沉醉在柿子的甜蜜里，十几年的时光转瞬飞逝。

硝烟弥漫山村都市，他毅然参军不迟疑，她芊芊心语含泪别离。她偷偷加入地下组织，"夜莺"声声又惊扰幽谧，她窸窣起床取走青石下的柿子。灯下，她剥开柿子的奥秘，惊喜不已，日寇布防图展露无遗。

抗战的血腥殷红十四年的四季，凯歌扯疼她的心篱，不见他回故里。这时，政委递给她一枚金黄的柿子，她熟练开启不露痕迹："我将继续潜伏，夜莺想你。"她啜泣不止，远在天涯的他近在咫尺，却浑然不知。

■ 月儿圆

一曲尘缘是否断弦？渺渺记忆跌入断瓦残垣，他轻抚掘塌的廊檐，泪湿俊颜。

拨开往事的花藤缠绕三千。燕子窝深藏他俩小时的撒欢，燕子总在房梁垒巢，他用弹弓击落满窝的雏燕。她朝他翻白眼："坏蛋！"她捧起一只只满脸爱怜，他指顶半圆晃圈，嬉笑连连："娘说这东西祛火又润心田。"

风追朵旋十几年，他落榜，她考入名院。千里遥牵浓绵的爱恋旖旎他漫山的燕窝养殖点，他融资的燕窝国外签单。那天他竟一去未返，头像灰暗了渺茫的思念。她毅然接班，山岚笼氲精致的燕窝垒叠她透明的期盼。

厄运在国外搁浅，他遇到诈骗，返回时燕子窝已拆迁，他奔向养殖园。

"阿兰……"她泪潸，举起两个燕窝合在一起："你看，它像不像月圆？"他猛点头，哽咽上前。

■ 鄱红茶

　　流水瀑湍桃源七里的崖堤洄漩。她踯躅院前，思潮随水流翻卷。

　　蕙风将马尾草吹弯。八月天，他俩度假同租赖家大院，木屋旖旎诗情画意的悠闲。她在石桌提壶执盏，叶脉在滚烫中舒展悬欢，阵阵清香袅廊绕檐。"我可否一道品茶？"他轻问瞩盼，她点头腼腆。

　　茶香氤腾浓郁的攀谈，月光笼氲朦胧的沉湎。他坦言："我酷爱文学，喜欢将情感潜藏字里行间。"她笑意浅浅："我开鄱红茶轩，于茗茶中品苦味甘甜。"

　　三天太短。他紧握玉手纤纤，她剪剪长睫氤红脸。他留下一页素笺："期待明年此时此地再见！"

　　落晖温煦记忆风涟，往事成画卷蹁跹。她又迈入青石槛，骤见石桌上罐装的鄱红茶堆积如山，他眯笑成线："这是你的订单。"她讶然："你是那幕后老板？"

■ 郭家潭郁金苑

记忆化成云烟无以隔断未了情缘，时光沉淀修缮已久的执念。他凝眸嶙阳山，掏出花手绢，思绪潆绕郁金香的冶艳。

风卷往事沁心田。他俩同住郭家潭边，迂回的阡陌逶迤鸟儿洼的弓形弧线，旖旎小时的撒欢。他用蝉蜕与她的花手绢对换，她抿笑妍妍；他光腚摸鳖探出水面，她来不及遮眼，大喊："坏三！"嬉笑朵朵激滟一波波涟漪绵缓。

世事如烟花璀璨纷乱。她家搬迁，改革春风吹拂她爸嶙阳山的旅游景点。临别那天，他赤脚追出很远，脚掌出血扎疼一生的牵盼。

时光飞逝放歌扬鞭的流年，他融资的郁金苑国外签单。检票入站，跫音叩响平仄的乐感。突然，一老人在走廊滑倒地面，他过去搀扶，骤见熟悉的苍颜。

"爸爸……"他俩相见惊颤，他灿笑拿出花手绢擦擦汗。

■ 贝壳项链

海浪卷半轮夕阳潋滟一波三折的悲欢,桅杆摇曳她几十年的孤单。她蹒跚着海滩的斑斓。

海风一阵阵将往昔拂乱。他俩是小时玩伴,住海边渔船,海水将他的小光腚、她的红肚兜轻拥揉捻。他摸贝壳,她洗净成串;他捉虾蟹,她兜篓看管。年复一年,粒粒贝壳将爱串连,丁零浓浓的情愫潺湲。那晚圆月高悬,他轻解她的红肚兜许下爱的诺言。

道道闪电划痛焦灼不安,她踯躅海边切盼。他出船未返,骇浪肆虐狂卷,失联。遥远的地平线湮没他生还的疼念。

世事变迁,贝壳精品店全国开遍。她凝泪轻抚他送的贝壳项链,霜发洇染她的翠鬟。

"爸,老板娘的项链真好看!"她抬头愕然:混血儿有七分像他的容颜。

"阿兰,还好吗?这些年……"她手一颤,贝壳项链散落地面。

■ 冰凉的清明果

柴火噼啪锅灶串烟，碎绿的青艾和着糯粉在铁锅里搅拌成团。她将热腾腾的思念揉捻，镂雕花纹的模板抹油摁印出一个个精致的图案。

时光的轳轳将往昔抽干。官塘小学在他屋的对面，他偷溜回家拿清明果给她尝，他俩吃得正欢，被老师罚站半天，他朝她吐舌扮鬼脸。青涩的情愫萌动彼此的心间。

骨朵蒙雪般的情缘诉不尽清婉的欢眷。他抛秧，她插田；他犁地，她为他擦汗，深爱无言化作缕缕人寰的炊烟在粗茶淡饭中沉湎。

几十年的沟坎让心灵的帆船在尘埃之外搁浅。那天，他去买菜不知回返，目光呆滞喃喃："我买清明果……"她心颤。

季节变换，剪疼凋零的花瓣。他独自出走三天失联，她訇然寸断，却见他蜷缩在旧学堂旁的断瓦残垣气息奄奄，几枚冰凉的清明果滚落身边。

■ 流泪的鄱红茶

鄱红茶的冷凝不住溢出的泪，滴答成一地的伤悲。她打开冰柜，满柜的鄱红茶却品不到一丝甜味。

季节轮回，花开又枯萎。她和妹妹相差一岁，两张大学录取通知单闪耀酷暑的魅。父亲从工地铁架摔碎腿，拮据的日子推不开大学的门楣。"摸阄，停学一位。"母亲颤折纸片紧蹙愁眉。她抢过纸团怒目相对："不用！"随手扔入垃圾堆。

又收到医药费，母亲决堤的泪水泛滥心扉，星月伴无寐。父亲摇头叹喟："受我连累，女儿肯定干另类。"学业在"鄱红茶"的叫卖中没有荒废，姐妹俩又瘦又黑，如憔悴的蓓蕾。"姐尝一杯。"她暗暗流泪。

夕阳落晖，母亲毅然去学院偷窥。远见那里学生扎堆，母亲扒开人群却是女儿在卖红茶冷饮，顿感愧疚又欣慰。霞光掩映她们别样的美。

■ 白色魅影

近光灯透过松柏树的罅隙在夜幕中穿行，树荫遮不住星月的暗影。他驱车回家要途经古墓陵，一路心神不宁。

那晚月柔风轻，他在生日宴喝啤酒几盅，《忘不了》的单曲循环不停，媳妇对他再三叮咛："早点回，墓地邪乎。"灯光照射五排山的柏油横线攀浮阁立本墓崖顶，车畔掠过阵阵松风。

突见一道白色魅影朝他相向而行，恍惚间窥见一双绿莹莹的秀瞳。他陡然心惊，回转调远光灯，遥见一片浮光掠踪，隐约的白影在松柏幽径飘动。林鸟夜鸣声声似召唤酣睡的魂灵，他记起倩女幽魂的场景，仓皇逃离幻境。

蕙风吹散迷雾的朦胧，旭日腾升，谈笑声打破客厅的宁静。他睁开惺忪的眼睛倾听："婶婶，昨晚影艺系的学生在墓陵实习拍电影。"一番话语憎开他一床的愣怔。

■ 抹不去的记忆

坟冢的荒草枯黄抹不去的记忆，幌摇叶片风干的泪滴。她摸出打火机点燃一沓冥币、一摞草纸，思绪缠绕青烟袅逸。

漫天的星光璀璨云霄，他俩相约均生太极基地，抱气云手推掌虚无提真气，行于手指，浑然一体。他俩曾在大学同读一个系，如今老伴去世，总在日暮晨曦相邀练太极，情愫在如影随形的伴练中轻灵沾粘心神合一。他对她一味宠溺，但她桀骜的脾气唯留亲友的叹息。

尘世扑朔迷离，他突改好脾气，对她声色俱厉："分手，真受不了你！"她断绝与他联系，含恨心底。

冷风裹挟凄雨凛冽夜的谧寂。那晚她接到医生电话走入抢救室，她凝泪的眸光透过他白床单无处藏放的惊悸。

一纸遗书捻塌揉碎她的心堤："我骨癌晚期，不想拖累你。"她后悔莫及，泪水泫溢。

■ 孔府煎饼

　　岸柳笼烟披拂爱的耽溺，他俩紧紧偎依，狂卷的心澜漾乱水波的纹漪，褶叠鱼儿亲吻月影的绮丽。

　　缘分是一道解不开的谜题。那年她考入曲阜师大英文系，怀一腔希冀踏歌行千里。途经孔府煎饼店时，饼香直扑她鼻，品种繁多口味各异，她喜吃甜腻，结账发现钱包不见尴尬至极。老板没生气："就当我请你。"一份感激蔓延她心底。

　　诗意浸染四年的花季，化作一叶难舍的别离。毕业前夕，他说要公开爱她的秘密。颠簸一路尘悒，来到煎饼店里，他朝她招手示意："快来尝尝我爸祖传的手艺！"他爸笑意藏眼底。

　　相思穿透千山万壑的绊羁，扯疼爱的琉璃。一道闪电划破天际，他数天失去联系，她着急赶去，他竟躺在急救室。他父母泪水横溢："煤气罐爆炸，他推开伙计……"

■ 鄱红柚

　　翠绿的枝蔓掩映轩窗半掩的孤独，稚嫩的鄱红柚装不下他青涩的情愫。他轻抚鄱红柚凝观，思绪随柚廓叠绕绵伏。

　　萌懵的节拍柔敲一个个灵动的音符。他们合天井、住隔壁屋，同在一学校就读。他总将本子撕叠成纸飞机朝她掷逐，用喷水枪弄湿她的花衣裤，频频惹她哭。那天暮光透过树罅隙斑驳悬空的青鄱红柚，他伸手拽出，她翘嘴跟他反目："它们还没成熟！"他嬉笑地叫她"笨红柚"。

　　十几年的时光在他的捣蛋中繁衍爱的花簇。她爸在远方买房入户，临别那晚乌云密布，她摘下一对鄱红柚，和他相约芦苇荡深处。

　　思念在四季的兜转中流苏，数千次将她的倩影重组。这天下午，他取出那对干红柚在上面题诗倾诉无尽爱慕，惊愕发现她竟在窗外踯躅，顿时泪眼模糊。

且听风吟

■ 烟雨船馆

烟雨迷蒙横街船上餐馆，袅娜的诗意氤氲堤岸。她蹙眉倚船舷，凝眸风雨纠缠微澜漾动的一波波漪涟，笑意漫过结疤的脸。

夜色的流光穿过霓灯隐约的斑斓婉转她的伤感。她家开早餐店，他落下黑皮包走远，她打开看竟有几沓钱，整整二十万。他返回急红眼："谢谢你，这是我周转的筹借款！"

岁月浸染尘世的悲欢。她爸妈旅游双双船难，她在辍学的倒影里落寞与孤单。花火璀璨昨日纷繁，她卖早点，泪和着汗裹挟她孱弱的腰板。

风云突变，她端着一盆滚烫的粥突感晕眩，热粥倾她头而下，大面积烫伤凄惨。一笔莫名的巨款打入医院，医生喟叹："不知是哪位好心人募捐？"

鸟儿在紫陌间低旋蹁跹，她四处打探，他回复淡然："只是爱心循环，多余的钱投资你开餐馆。"

■ 水中缘

　　欢悦的尖叫声穿过水上乐园的一波波微澜，池畔的劲歌热舞喧嚣震天。她凝眸一个个的光膀袒胸露肩，也穿上比基尼低头缓缓步入泳池边缘。

　　七月天，她随旅游团直达影视城横店，琳琅满目的景点令她眼花缭乱，水上乐园嬉闹非凡。突然，池水猛涨漫过她的秀肩，她心慌跌倒被卷水里面。迷糊之间，像是蜷缩在绵软的肉垫，在现实与虚幻中沦陷。她悠悠醒转睁开眼，一张帅哥的脸正朝她俯瞰，原来他是救生员。她羞红脸，腼腆："谢谢你！"

　　三日游太短，她得返程玉山。临别时她来到水上乐园，只见他又坐在高架上远观。她踯躅走上前，匆匆对他说了声"再见"。

　　尘世拨弹梦幻般的丝弦。数年的文友微信留言："橙子，你的真颜让我如坠沉渊，我就是那救生员。"

■ 标叔

雪花在仁和医院的枯枝上啜泪孤单，凋零洁白的凄艳，映衬着标叔蜡黄的脸。一束记忆的光斑驳标叔十几年的辛酸。

太多的原点变成终点。他是贩布老板，标叔矮小有点憨，拉布从不偷懒，每逢节假日总主动加班。标叔与他闲谈："我得多赚点，三个儿子读书都需要钱。"

四季兜转他未了的夙愿，冷风萧瑟那些叠错纠缠不愿坠落的叶片。这天，标叔昏倒阙然，布匹撒满地面。他急忙送往仁和医院，医生摇头长叹："上次我就建议他化疗，如今癌细胞已扩散，太晚。"他惊颤。一星期太短，标叔挣扎在生命的边缘，心电图仪显示缓缓成直线。

世事无奈变迁。他将标叔的遗物翻看，几件旧衣裳补丁不堪，却见上百张的汇款单，竟是寄给希望工程三个孩子的捐款。

■ 一枚鲜肉粽

时光隽永黑鹳栖匿白沙洲的跫声，涟漪折叠弯曲的倒影。他翘望观景台的苍穹，骋不出牵念的心径。

那年端午节，她来鄱阳旅行，一袭黑装如鹳鸟临风，浮躁的喧嚣定格成一抹脱尘的娉婷。他按键拍下绮景，她回眸低眉羞愣，疼裂他心湖的冰封。他们畅谈苏轼的"横看成岭侧成峰"，洒落一洲的画意诗情。

他家在饶城，他邀她品尝家乡的鲜肉粽，阵阵粽香撩荡彼此心旌，醇烈的雄黄酒在白床单上醅醉雪肌没骨的酡红。临别时他将她紧紧相拥："你是我一生的鲜肉粽！"远去的倩影扯疼他的泪瞳。

岁月倥偬他的笔耕，文笔遒劲他半世相思的梦。又到端午节，他的左眼皮骤跳个不停，他如往常徘徊白沙洲的草丛。

"你还要鲜肉粽吗？"久违的幽香直沁鼻孔，他不禁泪眼蒙眬。

■ 杜鹃花又红

　　杜鹃花旖旎蜿蜒山逶迤的红，氤氲遍山的绮梦。她绕过灌木丛直攀峰顶，任思绪随风飘动。

　　她父母是松林村知青，他们同窗十几年光影，总喜欢攀缘山坳的一奇洞，懵萌的情愫如山涧的水流淙淙，澈莹、澄净。

　　那年积雪覆盖寒冬。她踩碎窸窸窣窣的冰凌，脚滑踏空，清浅的泪滴在疼痛中冰凝。他轻抚她脚踝的瘀肿，眼神坚定："我背你上学！"深深浅浅的脚印定格成一道别样的风景。

　　岁月剪辑沛离的宿命，她得随父母返城。离别匆匆，满山的杜鹃花洇红她泪濛的眼瞳，远见他清瘦的身影，走走停停。

　　数年的风尘泥泞，她成为明星。杜鹃花又红，流年冲洗底片般的殷殷心屏。

　　"砰砰"她敲教室门数声，他抬头惊颤愣怔。"老师，她像极倩女幽魂……"是他学生高分贝的震惊。

■ 一件白汗衫

薄凉的鄱阳湖水一波波击岸洄漩，鹭鸟栖匿芦苇荡如泼墨的妙染。她伫立湿地公园，凝眸细雨纩绵的湖面，任思绪潺绕溪流蜿蜒。

那年夏天，她随旅游团直奔内湖景点，他是解说员。磁浑的音符踩着平仄韵脚引经据典出一个个故事的横截面，恍如藻绘黛瓦飞檐上风絮柳绵的画卷。暮光的残影遥遥垂落湖心岸畔，洇红悠哉的游船，煞是壮观。

突然，她顿觉头晕目眩，他趋步上前，一阵翻江倒海般的呕吐沾满他的白汗衫。她尴尬万千："对不起！"他神色淡然："没关系，你晕船？"他脱下汗衫放船舷，她偷偷拿回宾馆，欲还洁净的汗衫，未料他已下班。

花开花落氤氲流年，落红淡添一份执念缠扰她心尖。她重返打探，他的主管脸色黯淡："他去年救落水人员至今失联。"

■ 永远的约定

谁在月光如水的谷雨时节打捞记忆，逸出声声叹息？她裹紧风衣，漫步太白湖堤，寻觅遗落的一卷诗集，江面漾动惆怅悱恻的涟漪。

四月天袭来一阵暖意。她接到谷雨诗会颁奖的通知，从玉山不远千里，找不到聚会之地。"叮铃铃——"手机适时响起，"别急，我在路边等你。"高大俊朗的身影在她心里划上一道抹不去的痕迹。

返回宾馆时，细雨扩延济宁公园长廊如诗般的契机。他频频为她拍下睥笑的印记，风儿拂乱垂挂的柳絮烟悒。临别之际，她鼓起勇气："我们合个影，你可愿意？"他笑意藏眼底："明年谷雨诗会再合影不迟！"

桃红柳绿又一季。她努力又重返旧地，三百六十五个昼夜串联成一帘牵思。她四处将他寻觅，主持人凝噎："他已胃癌晚期。"她泪眼悲戚。

■ 难忘的紫荆花

摇曳的紫荆花影和着残暮透过栅篱罅隙，叠弌红黄蓝的记忆。他轻抚深红的柔恮，眼神戚戚迷离。

小时的故事，像稚嫩的童话集。他俩总喜欢在横溪边嬉戏，一圈圈的涟漪漾动无尽惬意。那日，他泼湿了她的碎花衣，她翘起小嘴哭泣："不理你！"他浅浅笑意，摘一朵紫荆花插在她的麻花辫子，那画面宛若一阕婉约的宋词。

时间流逝一季又一季。她曼妙的情影如一首诗，他在诗意中耽溺。她考上大学英文系，他落榜回故里。临别时，她秀发飘逸："我会回来找你！"

他竭力开发花海旅游胜地，紫荆花朵朵相依，一份懂得要多少灵犀的诠释。他固守一隅城池，将约定旖旎成磐石。

这天来了一批老外，他急需招一名英译助理。"橙子？"他惊悸，日思梦萦的身影跃入眼底。

■ 竖笛声声

摊开键盘，将柔情翩然于轻敲的指尖。她放飞满心的喜欢，点开视频，聆听他那清音的婉转千遍也不厌倦。

馆藏那天，他宛若惊鸿跌入她的视线。慌乱间，她的《绝句小说集萃》撒落地面，她弯腰去捡。磁柔的声音响彻耳畔："你的书可否赠我一本？"他睿智的眼神将她的心撩乱，她扯了扯滑下的披肩，朝他扮了个鬼脸："你等我第二本书出版！"

举行仪式嘉宾发言，原来他以前在部队政工团，受过特殊的训练，会吹竖笛，篆刻美观，文笔精湛。临别时，他取出竖笛为她吹《眼前》，笛声邈远，激潋一泓心泉。

一晃三年，竖笛的视频丰腴她如藤蔓般的痴念，嘘暖她疏影篱落的孤单。她的第二本书出版，他赴约出现，她在书的扉页留言："在最美的时光遇见，是一种缘！"

■ 护身玉符

　　空灵的笛声穿透月纱在苍穹回旋，他一袭白袍在夜风中皱荡曲调的娓婉，如梦似幻。

　　夜色弥漫，忽隐忽现的亭台落满郁郁寡欢的花瓣。"哪里逃？"一群抢棍的黑衣汉边追边喊，只见一满脸泪痕的小美女急跑到他的面前："请救救俺！"他将长袍一掀，纳她入怀中，笛声依然，总算蒙混过关。原来她是"和园"的丫鬟，因不愿嫁尚未谋面的官员。她摘下祖传的护身玉符塞入他手中，转身匆匆跑远。

　　世间有多少未知的迷惘与惆怅在漫漶。他凝望亭台上光影摇曳的阑干，轻抚玉符，心绪蹁跹。他派人四处打探，她已饿得气息奄奄蜷缩在马路边。她醒转，惊颤，却身在"和园"。老管家将护身玉符给她看，擢点她鼻尖："还逃吗？他就是你要嫁的官员！"她莞尔，笑意灿嫣。

■ 一枚印章

疏浅的流岚穿透枝丫间的斑斓渐次扩展，她取出印章坐在杏花河畔，轻抚细观，精雕玉琢的一笔一画将她的心凌乱。

记忆在光影放大的区间蹁跹。本是不同象限的点线面，缘于一次采风的遇见。

四月天。他们邂逅屏山章泉边，倒影畅漾水波一圈圈。他侃侃而谈，博学的经典撒落一地的幽婉。她偷偷将一刺球放在他的裤腕，他吓了一个踉跄，她笑得花枝乱颤。他假装阴沉着脸："别捣蛋！"从此，微信间隔衔接悸动的音律与和弦，这一曲红尘缘，扯疼了弦外的红线。

时间飞逝又一年，她的《绝句小说集萃》已出版，举行馆藏仪式的前几天，她收到一个包裹，竟是一枚玉石印章，篆刻"晓兰"，只见纸片留言："那印章里的字眼，是我一生的牵念！"她愕然，潸然泪泫。

■ 情醉太白湖

　　抹不去的记忆穿透太白湖层叠的涟漪，在波光鳞隙中叹息。他伫立湖堤，泪眼迷离。

　　当年，他们同在济宁学院就读不同系，学生会主席衔接着一种情感的交集与青涩的执迷。他们频频相约太白湖的微风里，一起数沙滩残留的足迹，平仄的锦华悦动曼妙的旋律，动感的色彩烙刻在彼此的心底。

　　毕业那夜，细雨绵延淅沥。他们紧紧偎依，别离的眼泪滴疼太白湖的堤。他柔握她玉指，她啜泣不止："我一定回来找你！"

　　花开花谢一季又一季，他的思念湿透多少深夜与晨曦。太白湖嬗变新兴的旅游观光胜地，他当业务经理，等待的遥遥无期，成了他人生的主题。

　　周而复始的日子，这天他又接待一批，熟悉的紫衣跃入他的眼里。"橙子……"喊声惊飞一对呢喃的燕子，他们相拥而泣。

■ 绝命邂逅

　　冕山的晨雾弥裹她幽怨的泪眸，她攀缘至高的峰口，寻死的执念回旋她心头。

　　旭日的弩光将她的心事穿透，她眉头紧皱，毅然走向顶崖，思绪绸缪。

　　危急瞬间，一双有力的大手扯住她的衣袖，她跌压他厚软的肌肉。他的嗓音雄厚："你有什么悲愁？"她双眸藏忧。有太多的伤口令她无法承受。

　　时光如倒置的沙漏。风狂雨骤，她父母被埋泥石流，找不到尸首，心爱之人又觅寻新的女友……草蟆倾听她的戚幽，他脱下外套拥暖她的颤抖："自杀是最愚蠢的欠揍！"他的眼神湍瀑温柔。

　　转眼十几个春秋。她搁笔蹙愁，覆水难收，冗长的阙章也难解相思的消瘦。这天，她被邀余干读书会以文交友，她读完那篇与他的《绝命邂逅》。猛回眸，骤见他对她招手，她朝他疾走，潜然泪流。

■ 殷红的紫叶李

平仄的锦华在竖笛的悠扬中颤动一个个曼妙的音符，他们偎依陆羽公园紫叶李扶苏的翠彤帷户，对眸倾透无尽爱慕。

他们同在上饶师专就读，四年的感触，氤氲多少旖旎的萌动与放逐。他们携手在薄暮暝暝的小树林散步，繁衍着爱的花簇。她总喜欢相约在紫叶李深处，在树下摆放小石子，嬉笑着数："这是我们爱的记录！"

毕业那晚乌云遮住夜幕，他们又相约紫叶李树，大雨如汨汨的情愫，淋透他们的衣裤。她的父母已为她安排国外续读。她泪如雨注："你是我一辈子的幸福！"

岁月流苏，思念在一季又一季的谷雨时节蛰伏，道不尽的孤独与凄苦。她重返故土，在树下踯躅，愕然发现树下却是石子遍布。突然听见不远处，久违的笛声如泣如诉，她上前疾步，泪眼模糊。

■ 嘀嘀名片

一杯醇酒醉魅信州的怡情，离散聚合中，嘀嘀车驱使移动的风景。她轻抚纸片上的姓名，一层泪雾蒙上眼瞳。

万年邂逅缘于采风，镜片后似曾相识的眼睛，踩痛她的心径。格桑花隐印他落寞的神情，他谈创作历程，磁性的绵柔洒落一地的绮梦。临别时，他将名片塞入她手中："上饶嘀嘀为你安全出行！"

时光兜转四季的光景，她奔赴谷雨诗会颁奖行色匆匆，迷失在鳞次的饶城，触及衣兜的名片，久违的心跳随指尖颤动。

"幽兰……"戚唤声声，又见他熟悉的身影，三千花事凋零，唯留这错落的一丝梦境。

晚会前夕雷声隆隆，一道闪电划破苍穹。他落下手机买伞，她无意窥见他手机的背景，竟然是她妈抱着他的照片，原来他就是小时走失的哥哥，一直下落不明，她泪眼酩酊。

■ 磁柔的声音

蕙风嘘暖紫阳公园，她秀眸顾盼，思绪随喷泉扬洒蹁跹，暗拨一曲心音幽婉。

永平采风那天，细雨渺绵他的侃侃攀谈，磁柔的声音悦动一路的馨漫。他俩同伞并肩，雨滴成线厮缠驿动的心弦。他直言："你的绝句小说韵味饱满，但情节不够跌宕陡转！"她脸红腼腆，"谢谢你的指点！"

临别时，他轻握她玉腕："期待再见！"从此，微信将一份轸念遥迢挂牵。他喜欢语音道"晚安"，她聆听一遍又一遍，在他的声音中沉湎。

四月天。她被列入樊登读书会名单，偌大的紫阳名苑，她找不到会场地点。

"紫橙……"他的磁音响彻护栏，她阙然心颤，灿笑嫣欢。

原来读书会挂靠他的文学院。他频频为她斟茶续盏，浓腴的茶香旖旎她的心尖，她浅酌低吟林徽因的《人间四月天》。

■ 迷失的梵音

　　木鱼轻击时光的空格键于梵音中袅袅萦旋，女儿紧闭双眼，膝跪草垫，清秀的脸在无休止符的乐律里沉湎。佛殿拐角处她朝女儿窥看，层叠的疼蔓延她的心田。

　　思绪倒回数年前。女儿考上名牌大学领先，令人艳羡，缤纷的落英勾勒出季节最美的画卷。那个夏天，她携女儿游览十几个景点，唯独在观音殿，女儿驻足细观，流连忘返。只听女儿呢喃："以后我来和你相伴！"

　　大学期间的女儿学科门门拔尖，硕博连读留学发展，越洋电话羽化成她的万般牵念，辗转多少夜的无眠。

　　三月天突变，闪电划破天边。"妈，我回国在佛殿。"她愕然，连夜奔赴女儿栖身点。骤见女儿剃度后的容颜，她心如刀剜。女儿留言："我是一只游弋在深海无所依附的帆船，如今找到自己的港湾。"

■ 枯萎的丁香花

　　七分微醺的暮色和着三分柔和的晚霞，在峦峰跌宕之中起伏错落的光华。一辆辆厚轮货车逶迤于永平铜矿的数百海拔，远离城市的嚣哗。

　　细碎的铜沙，扬起一厢的深情在他的心间风化。她是被遗弃山沟的娃，和他一起喝娘的奶水长大，取名丁香花。

　　苍苍蒹葭漫过锦瑟年华，他们大学毕业一同回老家开发，丁香花开满尘殇的山崖。他采摘一束送给她，不顾世俗星沫纷杂，许下爱的神话："你是我一生的牵挂！"她娇羞如霞。

　　那天风卷山洼，雷电叱咤，她突然昏倒树下。医生的话如天塌："白血病晚期，赶紧找匹配的脊髓救她。"他心如刀扎，四处张贴告示找寻她的爸妈。

　　雨水湿透一季又一季的春夏，有一女打她电话，她含泪用尽最后一丝气力回答："我只有一个妈……"

■ 纷飞的念

烟雨迷蒙王家岭的清旎幽婉，晃曳一地捻涟。小紫伞斜揽密匝的雨线，他的风衣湿透一半。

惠风悦动浓郁的沁甜，轻拂花枝粉黛的玉兰。他是总编兼美编，和她邂逅同步溪边，倒影幌漾柔缱斯绻，她沉醉在他的殷殷攀谈。她浅笑嫣然："你的杂志可否为绝句小说开设专栏？"他许下诺言："每期为你留两个版面。"她如绽放的红玉兰妩媚琼枝的绚烂。

"没有你陪伴……"铃声惊醒诗意的泛滥，采风团准备回返。从此，微信衔接绵延的遇见。

四季兜转又一年，每期的样刊将彼此挂牵，贞思慕恋隐匿字里行间。这天她莫名被邀观画展，剪剪睫毛忽闪顾盼，骤见她的肖像摆放中间，落款：纷飞的念。他的微信留言：我画的，天天看。她泪潸泫。他为选玉兰树苗爬山摔伤致残。

■ 无法割舍

锦年隐闪他遁影深处英俊的轮廓，以恬静的形式潜藏他辉煌的离索。他独行纵横的紫陌，凝眸缤纷繁复的花朵凄动心头轸念殊深的寥落。

落晖稀薄，他紧握时光须臾的袅娜蹲坐上饶森林公园临摹，钢笔勾勒花瓣的脉络，细描花蕾的粉脖。树旁探出表妹的酒窝，秀眸似星光闪烁，画面在他的速写本斑驳，情愫幌漾绵延的蛊惑。

日落，他俩将画具收掇，携手步上紫陌，指尖捂暖倒春寒的哆嗦。疏影婆娑表妹的神伤落寞："哥，你在部队别忘记我！"他将速写本递她当承诺。

十年如梭，他奉命谍密工作，参谋长为救他临终将女儿遗托。他的梦花凋落，往事如丝帛将他挟裹。

他携女眷返乡结婚一路颠簸。她依然孤子、执着，还他的速写本："祝你们幸福！"她转过身，泪水滂沱。

■ 愧疚

　　除夕的烟火璀璨夜空如同白昼，他翘望光怪陆离的星斗，难掩眉宇间的清愁。

　　影影绰绰的光舟，承载时间的沙漏。小时候，母亲死于脑瘤。从那以后，父亲三杯两盏淡酒，总举着竹鞭对他苛求："成绩必须上游，抽你的猪头！"他含泪苦读十几个春秋，终于名列榜首。他暗暗记仇："我要像鸟儿一样飞走！"

　　拨弹大学的箜篌，他硕博连读成为博士后。触摸临行时父亲给的钱兜，万般思绪齐涌心头。父亲面黄肌瘦，笑颜却舒缓苍额的褶皱，漫天的冷雨将父亲的衣裳湿透。

　　父亲来电声声咳嗽："你今年回家过吧，家中还有一缸老酒。"手机不停颤抖，父亲的鞭影挥不去他对父爱的渴求和愧疚。

　　村头，三岔路口，佝偻的身影惹疼他的泪眸："爹，回家，咱俩不醉不休！"

■ 错误的快递

初春暖萌她半隐半现的梦，古钟滴答摇摆不停，窸窣的清晨平添几许熏凝。

邮递员的喊声将她聒醒，她揉揉惺忪的眼睛，满脸倦容，快递已塞入门缝。

她拆开信封，当场愣怔。一页信笺折叠成心形："亲爱的爸爸，儿在西藏祝您新年快乐！心想事成！"她连忙查看信封，收信人竟不是她的芳名，大吃一惊。她惶恐不安打听，那人住在对面山顶。

这晚春雨迷蒙她的心神不宁，她敲门数声，明眸穿透屋内阴暗的灯影，阵阵咳嗽声将空气扯疼。她向他澄明，他没啥表情，摸摸袖口补丁，看到信，顿时露出幸福的憨容。她离开匆匆，隐忍悯怜的泪水蒙瞳。

岁月剪影季节颤巍巍的凋零，洇帧他篱落疏疏的心屏。原来他老伴前年死于重病，他的退休金定期捐给希望工程。

■ 谜底

　　她凝泪剥开包裹的层层叠叠，唯见一本存折和一页信笺在其中蹀躞。

　　那年那月，琢雕令他屏息涕零的情节。一声声婴儿啼哭穿透北风的凛冽。他拉开余干养老院门闩，恍若幻觉，眸光在乌紫的小脸凝结。他连忙抱入内室，脚步趔趄。

　　"老太婆，快看！"他嗓音哽咽。儿子救落水女孩溺劫，老太婆难以承受生死离别，患精神分裂，他心如片片冷雪。骤见她，老太婆顿时兴高采烈，满嘴"呀呀"地不停歇。从此，四季在花红柳绿中更迭，他们倾尽爱芬芳她孤子的风月。

　　她成绩前列，硕士毕业被聘跨国公司，亲情在异域无奈疏斜，电话爹娘不接，一种难以释怀的情结。她收到包裹，岁月残积尘世的罹难幻灭，信笺表明一切：养母猝死脑出血，我不是你亲爹，回归属于你的世界！

■ 礼物

　　滚滚黄沙裏挟千军万马直奔城阙的断桥之下，她玉面遮纱，扬缰鞭马，号令隐伏堤坝。他是敌国王子，趋步紧随她，欲以命作筹码，试图暗杀。

　　沿江的蒹葭，辉映暮光中最后一缕残霞。他偷窥她眉间胭红的朱砂，无法遏止心猿意马，情与仇的厮杀，如海潮漫卷沉沙涤荡他的心注。

　　冷风轻撩霓纱，她拢了拢紫堇色的秀发，与他眼神交汇的刹那，她粲笑如花。父命难违，他内心无声地挣扎。

　　战鼓震天擂打，一片喧乱叱咤。他尖锐的钢叉直抵她的下巴，鲜血顿时染红她的白褂，他心如刀扎："你可以躲开的，为什么这么傻？"她长睫费力眨了眨，苍白的脸颊，断断续续回答："我是你的礼物，将我……带回你的国家！"

　　哒哒马蹄飞扬尘沙迷离天涯，郁郁瘦马甩下逆风哀鸣的寒鸦。

■ 重逢

　　缥霄霏绵的情缘，隐匿嫩绿枝蔓间，化作随风摇曳的叶片。她听风，听雨，声声苍远，看水，看山，泪瀑深涧。

　　余干采风那天，细雨绵延诗意的遇见。她和他同伞漫步木栈，心荡漪涟，悦动丝风恍如梦幻。他抓拍她回眸一笑的瞬间，油菜花顿时失色萧疏黯然。他俩携手逗留在溪边，情愫潺湲着倾动的缱绻，幌漾倒影的柔融厮缠。从此，微信衔接爱的和弦。

　　时光飞逝整整一年，似三尺雪深的思念在纷乱的尘世间羽化成苍凉的字眼，滢滢脉脉将彼此挂牵。

　　世事变迁，她列入谷雨诗会被邀名单。偌大的会议厅霓灯叠闪，她秀眸环盼。"快看！"旁人抖动《获奖作品集》："《情醉信州》第二领先！"她阙然惊颤。

　　"橙儿……"声声戚唤。她转身泪眼清泫，瞟见梦中他徜恍的笑颜。

■ 酒肆

暮雪缤纷季节的更迭，苍白色与酒肆的红灯笼耀眼衔接。她眉愁蹙结，将店门卸了又装，装了又卸，时光蹉跎她十年的青春章节。

蛰伏的记忆随铜壶倾斜。那年北风凛冽阴冷的夜，一队鬼子入店吆喝："快上热酒！"她和二叔偷偷将一大包蒙汗药放入酒壶摇曳。二叔说，她的父母惨死日寇刀蛰。她似孤子的红叶，眼神愤懑凄切。

无硝烟弥漫的酒劫，无数次在这风雪画面中蹀躞。一晃八年岁月，一种似梦的幻觉，日军投降寂灭。她兴高采烈，依旧用酒芬芳沁柔的风月。

花红柳谢，四季兜转婉约和谐。她在焕然一新的酒肆中如翩飞的紫蝶，忙碌不停歇。

"兰儿……"她转身，杯碟从手中碎跌。

"你还活着？爹——"她哽咽，泪在眼眶涌叠，二叔却在旁边笑得狡邪。

蛰伏在季节剪影里的一方深秋，在桃源桥萧瑟她的泪眸，溪水潺流她无尽的悲愁。

阒静的落叶消瘦，她拾掇那一地难忘的沙漏。她的父母惨遭泥石流静卧山丘，她孤子一人被堂哥领走。他们常在春雷之后，于七步金桥下捉泥鳅，欢笑、无瑕装满一竹篓。媒婆帮他介绍女友，他总微笑摇头："等妞妞长大的时候！"

漫天星斗，他们在桥头突遇一歹徒持刀抵住她的咽喉，他竭力与之搏斗，她在一旁大声呼救。歹徒仓皇逃走，她轻抚他臂膀的伤口，泪水直流。

一晃十几个春秋，她高考成绩名列榜首。那夜他喝了好多酒，喋喋不休："我的妞妞最优秀……"他有太多的心事无法倾透。

时光辄印四年的白昼，那天她匆匆赶回，医生惊叹："他患骨癌晚期，竟然坚持了这么久？"她泪满袖。

■ 情劫

　　她颤拨丝弦空灵一曲无助的孤独，追忆潺湲未了的情愫，清音撩挠她无法解禁的凄苦。

　　她和他邂逅官溪戏台，精美图案镂雕千年的解读，他们甩袖演绎历史的一幕幕。

　　萧瑟的风吹不散长袖的温度，他们一声声清唱一段段重复，从清晨直至落幕，将千年的情感倾诉。

　　雪花飞舞，实习结束，他得返回老家甘肃。临别时，她泪雨簌簌，他送她一套戏服，轻声嗫嚅："你是我一生的眷属！"唯见汽车扬起一路尘土。

　　相思穿透万水千山的隔阻，扯疼难眠的爱慕。爆炸的火光定格在屏幕，依稀可见他的身影扑向浓雾，她的心跌入万丈深谷。

　　闪电划破苍幕，她裹挟冷雨赶往甘肃，百经辗转抵达他的住处，三千白花簇满他屋。他的父母泪流如注："他用身躯将一小孩盖住，注定难逃劫数！"

■ 夜来香

　　指尖的流沙漫过尘世的狂躁与风华，一曲《夜来香》悲婉她弹乱的琵琶，倾诉遥远的牵挂。

　　他们青梅竹马，逮蛤蟆、捉蚂蚱、过家家暗滋爱的萌芽。那年初夏，他们携手用竹竿撩拨古井中红鲤的尾巴，水湄的蒹葭在无瑕中融化。

　　哪料飓风南下，雨雪交加，日寇的炮弹在官溪上空轰炸。他毅然随部队往试验基地开拔，临别时约她："这张《夜来香》碟片，你替我保管它。"她转身，潸然泪下，夜的冷凉透她的心洼。

　　岁月几十年叱咤，一片繁华。天地浩大，他到底在哪？她四处打探他，惊喜又心如刀扎：他是影音界的一朵奇葩，已成家。

　　她孤子徘徊古井边，驻足迷茫的步伐，唯见红鲤依旧摇着尾巴，似怜叹她爱逝的回答。

　　清泪滴疼夜香花，她执意一曲难却的深情于指尖挥洒。

■ 幽香的美石

　　翅翼破局雾幔的苍穹，停机坪上他摘下墨镜，从内袋摸出图纹酷似美人的天然奇石，心潮腾涌。

　　蜿蜒的山溪老态龙钟，斑斓的砾石间云影浮动无瑕的憧憬。"媛姐，这个石子香味真冲！"他忽闪着大眼睛，重睫剪辑迷惘的吃惊。她闻了又闻，香味郁浓。

　　她入学返城，风中的秋雨在河湾涕零。"这枚香石送还你，天赐的暗香梦影！"他的泪眼泛沛着懵懂。汽笛声声碾碎一路生疼，他追随媛姐入伍边警。

　　时光倥偬，红罗总部召回精英部署下一步艾色行动。秘密的会议厅，一抹依稀的情影跃入他的眸瞳。他凝睇愣怔，掏出幽香的卵石印证。她手捧往事泪水莹莹："你一度成了断线风筝，祖国和我都在苦等……"

　　久别重逢，暗香氤氲久违的离情。一道密令，他又怀揣幽香去国远征。

■ 爱的 U 盘

　　萤火虫翩飞官溪河畔的暮色流岚，提携的萤灯明灭在祠堂前找寻曾经的欢眷。她轻轻上前捉住一只，凝眸泪潸，萤光依然，已是昨日纷繁。

　　光阴逆转。她和他是儿时玩伴，在清华大学又同班，浓浓的爱潺湲彼此心田。毕业那晚，他欲言又止，匆匆塞给她一个自制的 U 盘，迅速跑远。

　　第二天，他如风筝断了线，失联。思念在光影中蹁跹，难舍的眷恋凄迷她十几年，泪在守候中静谧风干。她打开 U 盘，那些爱的诺言，聆听千万遍。大雁去了又返，不知他何时还？

　　这天，她将白鬓轻绾，随旅游团重返家乡观光，绵延烟雨衍生伤感。突见一熟悉的背影，她疾步细看，惊颤："宇，真是你吗？还你的 U 盘！"她眼含幽怨。他转身，脚步蹒跚。她哪知他研制核导弹，只能和外界绝缘。

■ 不疼的针

烟雨裹挟落花旋坠，萧瑟的风吹散季节的美。她如一朵紫雾弥漫的蔷薇。

夜酣眠，过敏的"痒"折磨她三天三夜无法安睡，日渐憔悴。

暮色青灰，她踯躅踏入皮肤科，眼神凄悲。她从小怕打针，紧攥拳头，垂泪。男医生轻吁心疼的叹喟。

全身红肿消退，她心痒思惟，又去打针，那医生眼眸深邃，轻声对她说："别怕，不疼的。"一声暖心的安慰，顿感臀部一点凉，真不疼，她眉开眼笑，绽蕊一室的芳菲。

四季百转千回，这次她又过敏，恰逢那医生出差未归。女医生说："他眼光敏锐，不该打的针只用棉球聊慰。"她一怔，眼眶溢满泪水。冷月无语是最美的心领神会，她辗转无寐。

西沉的春晖，潋滟成双的湖水，风月无边的幽会在红尘初妆中难以自拔地沉醉。

■ 一双鞋

骤冷的冬天，雪花飞旋。公交车站，风刮着彻骨的寒。

小兰裹紧围巾，被妈妈牵着躲在站牌后面。远观，层林尽染，白茫茫一片。

"妈妈，你看……"只见一位老婆婆一瘸一拐，脚步蹒跚，赤裸的双脚，被冻得乌紫发亮。乘客们惊颤，唏嘘感叹："怎么没人管？真是可怜……"

车到站，小兰连忙上前搀扶，并朝拎着新鞋的妈妈做鬼脸，妈妈笑眯着眼："你这个小坏蛋！"小兰乐颠颠地在老婆婆跟前蹲下，用小手来回轻搓老婆婆的脚板："我有新鞋给你穿。"她手忙脚乱，笨拙缓慢地给老婆婆穿上。老婆婆含泪欲言又止，脸上露出了感激的苍颜。瞬间，车上寂静无言。

雪花依旧纷飞，那么无瑕，美艳。小兰和妈妈到站下车，渐行渐远……她们的背影折射出耀眼的光圈。

■ 箫声悠悠

————————————————————

　　箫声穿透寂寥的苍穹，与孤子的月光相拥。她斜倚门框，一曲《女儿情》唇指间传送，唯有他懂。

　　浮生如梦。那年枫叶正红，她独行山中，观赏郁郁的葱茏。未料脚滑踏空，坠落，她如一只绝望的惊鸿，逸出凄惨的哀鸣："救命！"她睁开眼，浑身疼痛，却见躺在一块五彩斑斓的画布上，身旁的他正发蒙愣怔。

　　她的脸窘得酡红，他忍不住笑出声。暮色渐迷蒙，他们一起下山，徐徐的惠风拂掠一路的悸动，情感在对瞳中升腾。临别时，他们异口同声："我是吹箫的毛毛虫，家住梅花弄。""我是画画的熊小龙。"

　　岁月匆匆，枫叶红了又青，青了又红。她取出箫，难忘初衷，悠悠箫声将思念启封。"毛毛虫，这张画送给你……"她转身，用力揉了揉眼睛，泪水汹涌。

■ 情系九江

影影绰绰的灯火在九江河畔辉映彩排，记忆于斑斓中迷蒙晕开。

那年漫天飞雪飘零着纯白。她听从领导安排，去九江出差。晚饭后，她独自在河畔徘徊，远离喧嚣的华彩，雪花染白她的眉黛。突然，她脑眩晕又犯，满眼的花海，隐约有一黑影朝她奔来。

梦里花开，她醒来脑子一片空白。医生微笑："你男朋友刚有急事离开。"她在医院多待了几天，只为那欲说还休的等待，情感游离世俗之外。

春去秋又来。冥冥天意安排，她又去九江培训，不禁心潮澎湃。她迫不及待地故地重游，秀目悲哀，愁绪如散不去的雾霭。一道来培训的同事谢老师，眼神狡黠："三年前，我在这里救起一个脑眩晕的女孩……"她猛转身，泪水横溢，粉捶他胸："你真坏！你真坏！"

■ 难舍的缘

涟漪层叠世间的牵绊，漾漾倒影中的孤单。她凝眸流波中碎裂的璀璨，泪水裹挟思绪万千。

他们邂逅杏花河畔，如烟柳絮纷扬缠绵，风月艳羡他们的亲昵无间。她挽着他的臂弯，在爱的幽梦里沉湎。

世事随季节交替变迁。那天，滂沱大雨模糊了地平线。她撑着小紫伞，如往常赶往相约地点。夜渐晚，他却没出现。五天五夜的失联，他的头像亮闪："橙，我在汶川灾区抢险……"信息中断，他来不及说再见。

牵念穿越几千里蔓延，扯疼夜的无眠。她望眼欲穿，他的同事陆续回返："我们四处都寻他不见！"她顿时跌入万丈深渊，连夜奔赴汶川。

一幅幅狼藉的画卷，她的心画上绝望的句点。突然，"呼噜——"鼾声源自断瓦残垣，她惊颤，趋步上前，却见他酣梦中沾满污垢的脸。

■ 变迁

幽梦依稀太湖琉璃，碧波穿透时光的鳞隙。她凝眸湖面泪眼迷离，湖水漾动着残碎的涟漪。

那年七夕。他们相约无锡，山盟海誓旖旎，情愫零落涯涘。她身着粉红霓衣，和他自驾快艇游玩嬉戏。暮风习习，快艇裹挟浪花的惬意，一帘风絮拂过他们悸动的心篱，如蛇般逶迤。

突然，前方弯道水面出现礁石，快艇依旧飞驰，躲闪不及。只听"砰"的一声，人仰艇翻沉入湖底。

三天三夜的昏迷，她睁开眼，恍如隔世，失忆。他柔握她纤指，倾诉曾谙的心事。她将手抽离，极力躲避，一个无法串联的记忆，载不动零碎又斑驳的言辞。

五年的时光飞逝，挥不去的郁思。他们又抵达太湖，他决定将以往的一幕演绎。翻卷的波澜见证爱的层次，她猛然记起往事，他却被湖水吞噬。

■ 异世情缘

　　她泪凝眸瞳，满院落红一如心头盘衍的情根无着成蘖。隔世的情缘谁人能懂？

　　她在沙滩写生，画江边的彩虹，浪涛的汹涌。潮汛凶猛，卷走几十条生命。危急瞬间，一冗长衣袂随风，着白古装的帅男腾空，尽数救起水中的生灵。她浓墨他俊逸的身影，镌刻画布中。

　　浮生若梦。他竟穿越时空，瞅她的画懵懂。他谈笑风生，道不尽远古的别样风景。波光倒映他们的你侬我侬，潺溁的情愫袅袅婷婷。

　　他们游双龙洞，幽暗的霓灯，诗意溟濛。他的哀伤如雾升腾。

　　出洞时，突然电闪雷鸣。他慌忙将一玉镯套她手中，将她紧拥，语气沉重："我得返程……"他来不及诉说惜别的情衷，已翩飞若鸿。

　　时光匆匆。她见玉镯上面雕龙镶凤，情愁心痛。她的爸爸怔忡："小祖宗，你哪来的古董？"

■ 命缘

爷爷卧榻残喘。他愁绪如峰岚，采摘灵芝草，逐崖攀缘。碎石飞溅，他踏空坠下万丈深渊。

腾云驾雾般，他以为抵达阴间。忽感足底绵软，睁开眼，吓得魂飞魄散，竟踩在大蟒蛇上面。他想动弹，蟒蛇色变："我在此修炼千年，成人形还需七七四十九天，让我了却夙愿！"

一晃到期限。雾霭漫涧，一道紫光闪现，一美女亭立他跟前。她牵着他的手翩飞上山，一场千年绝恋，拉长月老的红线。只见她的玉手纤纤，他的十个脚趾印痕镌刻在她的掌心生命线。他跪在爷爷的墓前，扯疼了思念。

尘世逃不过命数的牵连。端午节，雷鸣电闪，乌云遮天。她秀眉紧蹙，呻吟着倒在床畔，蛇形陡现。她说话艰难："我吸爷爷的元气，不舍伤害你……"魂消的凄婉，幻化成缕缕云烟。

■ 被缝的旗袍

翩飞的落瓣，寻遁季节跫音的弥散。摇曳的树干，空荡的秋千倾诉一段霏绵的情缘。

樟村河畔，暮风裹卷。她身着一袭碎花旗袍荡秋千，眯阖双眼，沉醉在梦的边缘。

"汪！汪！"一条大狼狗虎视眈眈，她陡然慌乱，从秋千上滚落，危急瞬间，被一黑衣男抱住，"吱"的一声，旗袍右侧撕裂开，她羞红脸。柔荑软软，漭荡他的心田。他领她进入附近的服装店。他说，他是警员，刚破获一桩大案，途经樟村折返。她穿上被缝好的旗袍，凹凸尽显，他们的眼神变成相交线。

秋千边，藏不住惜别的眷恋。他上前，轻轻摸了摸旗袍的缝边，凝语无言，黑影渐行渐远。

一晃三年。她又拿出那件旗袍，折叠惘然的执念。她哪知他说的是谎言，他是个越狱逃犯。

■ 一根白莲藕

攒动的莲茳立枝头。她绕着河畔蹒跚走，蹙眉藏忧，潋滟的波光漾动她的泪眸。

忆锦年，他们总牵着手，采莲在埠口，潺湲的情愫温婉了清秋。她转身蒙上眼，他就脱掉裤头，光腔扎入水中踩藕。待她回首，一根雪白嫩滑的莲藕在向她招手。

长大后。她轻拂袖，舞动流年的沙漏。他成为武警战士，在边塞驻守。望断天涯的守候，情语呢喃哽在喉。他许诺的语音："你是我今生的白莲藕！"她又嗔又羞，驹不住的娇柔。

滂沱大雨绵延，山体坍塌，爱在乱石中囹圄绸缪。荆棘下的泥沙丘，是一道无法愈合的伤口。

狂风雨骤。她大声哭喊，泪流，臂弯枕着他的头，只见破裂的上衣裸露胸口的玉坠——粉嫩的一根白莲藕。

■ 画缘

泼墨故居的景观，挥毫石巷深处袅娜的青烟。他的心事似油彩斑斓。

那个艳阳天。美协采风团由他陪伴，写生广平电站。画布上的枝条迎风招展，溪流潺潺，呈现蔚然一片。

突然，一画家栽倒地面。他连忙奔上前，她已中暑昏然。他背起她就往医院赶，焦急一路晕染，汗浸透衫。他取药回返，听医生和她交谈："你男朋友又细心又好看！"她欲说又止，羞红脸。

临别那晚，明月高悬，他们相约樟村河畔。她低头腼腆："谢谢你！我叫方方。"湖面微波翻卷。他取来画架，迷离的线条勾出一女翩翩如仙，潜藏临摹人多少的爱恋与祈盼。万水千山的思念，唯涂墨在水云间。

六月天。他的微信闪现："我愿是画，陪你到永远！"古道边，她娉婷的身影惹乱了他的心弦。

■ 爱的花朵

　　橹桨声划过，樟村的水湄湖泊。她倒映的纤影清灵婀娜，却秀眉紧锁。

　　那年桃花落，她随美协到古镇城郭。毫笔泼墨，画不尽柳条婆娑，花影斑驳。

　　湖面水阁交错。她未料脚踏空，坠入湖泊。"救命……"她双手乱舞，惊起一圈圈水波。他从湖畔路过，衣裳来不及脱，跳入水中，将她全力往上托。湿透的霓裳单薄，撩挠他旌荡的心窝。

　　爱的情火，在彼此心间穿梭。僻静的巷陌，灯光微弱。他们十指相握，他许下承诺："你是我唯一的花朵！"临别那晚，她送他一幅画，署名圆圆。画布上暗红的花朵，辨不出脉络。

　　岁月蹉跎。她故地重游，寻觅思念的依托。湖面璀璨的灯火，影影绰绰。他在石桥来回踱，骤然见她，惊喜失措："你是圆圆？"她含羞带嗔："我是你的花朵！"

且听风吟

· 177 ·

■ 守望

板灯的烛焰，在暮色溟濛中摇晃。他凝噎的眸光，深藏漾不开的惆怅，鸳鸯板灯舞乱湿透的离殇。

那天晚上，他如往常将板灯扛肩穿过石巷，赶去樟村镇广场。

"救命……流氓！"凄厉的嘶喊划破苍穹飘荡。他循声前往，猛踹开柴房，只见一姑娘被阿呆摁倒地上。他怒气满膛，将板凳挥得呼呼直响，阿呆吓得仓皇逃窜。他脱外裳将她赤裸的胴体遮挡。她泪湿淡妆："谢谢你，我随乐平旅游团来观光……"

三天的时间。他舞灯，她观赏，情愫在彼此心间汩汩流淌。临别时，她踮起脚尖，轻吻他脸庞："我叫扁扁，来日方长！"

冷风凄迷他的守望，他将彻骨的思念临摹成她的模样。元宵节这晚，他又徘徊在约会的石廊，神色迷惘。

"军！"一声戚唤，他转身，禁不住热泪盈眶。

■ 牵挂

尘世错乱的繁华，随花影凋零纷沓，难却的深情在他心间风化。

他鬓染白发，轻抚墓碑上她微笑的脸颊，诉不尽的牵挂。他们青梅竹马，总牵着小手数落桃花，水湄的蒹葭，在无瑕的情感中融化。他和她过家家，掀开她花手帕："小傻瓜，我等你长大！"

豆蔻年华，她遭遇流氓，他舍命救她，脸部残留伤疤。岁月如流沙，喇叭唢呐不停吹打，她穿着红大褂，系着花。他露出小虎牙，笑哈哈。

红枫染尽浮华。她胃疼得汗如雨下，一纸诊断似天塌："胃癌晚期扩散。"他心如刀扎，强装笑脸瞒她："是胃炎，没啥！"

从春到夏，他守着她的病榻，曼珠沙华在垂泪中挣扎。这晚，雷电交加，她虚弱地摸他伤疤："谢谢！我早知道你的谎话。"

桃花又飘洒，他执意一瓣割舍不下。

■ 偏执的爱

河畔的古柳，在她凝眸中腐朽。她足下如千斤重，缓缓行走。

那年清秋，红枫滴血枝头。将军仗剑在手，不幸被毒箭射中胸口，滚下山丘。她和爷爷采药经过，他已昏迷，爷爷将解毒丸塞入他的喉。

流淌的沙漏，迷醉多少个黑夜与白昼。明月弹箜篌，他的伤愈合封口。他们十指相扣，在河堤逗留，他亲吻她的额头："谢谢你们相救，为国家社稷，我不得不走。"她点头，一泓清泪暗自流。

岁月悠悠，一晃十几个春秋。她独倚空楼，望断流水的守候，何时是尽头？她无法挣脱情感的幽囚，斑斓的年华羁绊心的消瘦。

这夜，风急雨骤，梦断烛影后。她爷爷临终紧拉她的手："别等了，箭毒必复发，无人能救。"

她泪染双眸，太多的尘事无法倾透，临风中喝下一杯自酿的毒酒。

■ 沉浮

　　素木弦琴，弹落尘世的万种风情。她瘦影伶仃，泪滴在指尖冰凝。

　　杏花河畔烟柳娉婷，雨疏风轻。他们戚吻缠绵，漾动一波波倒影。他将她凌乱的长发捋平，满目深情："你是我今生的约定！"

　　七夕傍晚，电闪雷鸣。他西装革履，手捧玫瑰，笑意盈盈。突见邻居土瓦房火光冲天，被困的老奶奶大喊："救命……"他是消防新兵，火灾就是命令。他拨打火警，毅然钻进大火，找寻老奶奶的身影。这时一堵墙塌倾，掩埋他的头顶。

　　她徘徊在杏花河畔，心神不宁，他的电话无人接听。不祥的阴影，笼罩她的心灵。

　　浮花凋零，恍如错落的梦境。殡仪大厅，他闭着眼睛。她扑在他身上，人事不省。她泪水滢滢，收拾遗物，看到他未发出的微信："对不起！我晚点去，有点事情。"

■ 一支竹笛

穿透时光的罅隙，竹笛的乐律跌宕迷离。神湖碧水漾动的涟漪，悱恻她情感的皱褶与牵系。

细雨延绵淅沥，落瓣片片偎依春泥。他们碎步湖堤，驿动的心沉溺在一张张明信片里。他对她表露心迹："你若为风，我便化雨，和你不离不弃。"她面红耳赤。

一声惨叫划破天际。砖窑倾塌，他父亲为救同事被埋窑底，去世。他啜泣不已。那个雨季，他总在湖畔吹笛，她静静挽袖凝睇，泱泱的眼波噙满泪滴。

尘世是一道难解的命题。他母亲携他投奔亲戚，临别时，他送她竹笛。她边追边喊："我等你！"历经多少个晨曦，她学会吹笛，竹笛声声祈盼爱的归期。

这日，文联主席给她一本书——《竹笛》，素雅的文字，却是他们的故事。她满腹狐疑，只见采风的他，在湖边朝她招手示意。

且听风吟

■ 梦萦潼湖

无垠的时光沙漠，如浮生的花朵沉淀成琥珀。她凝眸潼湖的日升月落，游弋的情感在往昔中斑驳。

月亮在云霭间穿梭。他们朝气蓬勃，一同在戏班漂泊。纷繁的夜市，耀眼的烛光随风摇烁。繁华笙歌落，桃花扇半遮他俊朗的轮廓，演绎一段又一段风花雪月的戏曲传说。

青纱玉帛，他解开她心的枷锁，对她许下一世的承诺："待我攒够聘礼钱，就娶你回我的小窝！"她羞涩，没有挣脱。

尘世颠簸。炮弹在潼湖爆炸，如蹁跹的云朵。他掩护村民转移，来不及逃脱，被抓壮丁，她滚下山坡。

几十年的影影绰绰，半生的落拓。这天，她又在戏台边徘徊，不再风华袅娜，满脸的落寞。"阿紫……"她以为听错，转身，泪眼婆娑。只见他脚有点跛，却精神矍铄。

■ 情系白马乡

前尘的情愫，辗转今世没有终点的解读，错落的年轮衔接她断裂的心途。她轻抚石马的孤独。

时光的影像衍生他们的嬉笑放逐，记忆漂染成郁郁花簇。

暝暝薄暮，他们携手小树林漫步，感应十指相扣的温度。他采摘野花一束，向她表白无法解禁的爱慕："你是我一辈子的眷属！"

轻音渺渺的倾吐，随花香沁入她的灵魂深处。

细雨稀疏。他们相约白马石柱，他呼吸急促，她紧闭双目，雨点敲击羞涩的音符。他嗫嚅："阿兰，我有公务，得离开故土……"雨声泣诉，却挽不住他远离的脚步。

思念在她指尖蛰伏，锦瑟的年华渐渐荒芜。尘世无尽变数。这天，她又在石马旁踯躅。"阿兰……"一声戚唤，熟悉又生疏。她转身，泪眼模糊。

她哪知他隐忍的凄苦，数年在贩毒组织秘密潜伏。

■ 一串佛珠

指缝徜徉冗长时光，大悲咒的梵音跌宕成一曲没有休止符的乐章，在佛殿袅绕回荡。

花事几厢，晕染半世沧桑。莺飞草长，蒹葭苍苍。他们牵手的倒影在涧水中荡漾，汩汩的情感旖旎季节的芬芳。他送她一串祖传佛珠："我爱你到地老天荒！"

次年，他母亲重病在床，她上山挖树根做药方，不慎脚滑踏空，凄惨的救命声在山谷回响。他哭断肠，踉跄走下山岗，满目悲伤。从此，雁影无双，应天寺残写他青春诗行。

世事无常。暮色泱泱，采风团入驻佛堂。摇曳的烛光，将一姑娘手上的佛珠照亮。那姑娘独倚轩窗，似曾相识的模样。

夜漫长，揭开尘封的霓裳，他陷入深深的惆怅。那姑娘匆匆离别，他的佛珠和纸条却留禅桌上：我坠下山涧面部受重伤，已无力返航。

■ 梦醒时分

　　她紧蹙眉黛，在河畔徘徊，一次又一次幽梦般等待。

　　藏匿余晖中缥缈的爱，穿过岸柳罅隙残破的云彩，在阑珊灯影潋滟中晕开。

　　那年白桦树下，男孩牵着女孩，描摹了季节的纯白。他话语如天籁："你是我今生唯一的爱。"她如樱花初妆含羞跑开，心潮澎湃。

　　白雪皑皑，飞鸟和青鱼注定要分开。男孩无奈告诉女孩："我因公远行，你等我归来！"多少冬去春来？爱的章节在梦醒时分辗转空白。她固守如初的花开，不沾染一丝尘埃。

　　河边，升腾的烟霭将她的身影掩埋。"阿兰……"白桦树下殷殷呼唤传来，她泪涌成海，湿透他胸怀。突然，他的一只袖管空摆，眼神衍生隐隐悲哀。原来，他是维和军人，为掩护一黑人小孩，唯剩断臂残骸。

　　蝴蝶拂掠飞过沧海，演绎芬芳的彩排。

■ 桃花依旧

漫天翩飞的桃花瓣拂掠缤纷的牵念，倒戈回芳菲的三月天。

细雨绵如轻烟，他随采风团直达山塘景点。溪畔，他执笔妆点青山流岚，描摹桃花的婀娜招展。突然，她闯入画卷，明眸长睫忽闪，逸动他沉淀的情感，画笔掉落地面。她弯腰拾起，摆动玉手纤纤，甜甜的笑将酒窝盈满。

泼墨山塘桃花妙曼，勾勒线条绵延的远山，桃花下的情侣相拥缱绻。一周太短。临别的那晚，爱在她家土炕潺湲。他取出画卷，亲吻她眉间："留你作纪念！"纷飞的雨润湿她的眼。

韶光荏苒，他出国八年，重返山塘，寻觅梦里守望的未然。桃树边，一酷似他的小男孩在临摹他的画卷。他惊愕上前，小男孩专注，图中的桃花朵朵合欢："妈妈说我学会画画，爸爸就会出现。"

桃花依旧，他泪潸然。

■ 偶遇

满屏扩展抚看，却掬不起笛声中他的笑颜。她轻敲空格键，将悸动的眷恋蔓延。

那天，山谷流水涓涓，短笛声和着花的芳馨袅袅婉转，氄氄的柳丝逶迤清涧。采风的她拍下这如梦似幻的景观。踏上吊桥，如烟的水面晃眼，她顿感头晕目眩。危急瞬间，伸过来的手紧搂她肩，一股暖流袭遍心田。

他是北方记者来山塘游玩，谈吐非凡，浓浓的情愫一路晕染。

从此，地北天南网线牵。思念漫过星辰的璀璨留下多少黑眼圈。他聊天框显现：一剪相思落在你双眸的深潭，一葵脉语在你心室呢喃……她放大音量，聆听幽咽的沉湎。

一晃数年，他们又相约吊桥边。只见他胡渣满脸，神色颓然："橙，我已有新欢！"她泪沁心瓣，跑远。她哪知暗恋他的女孩为救他娘火中脱险，被烧瞎双眼。

■ 前世的缘

佛殿笼罩霭霭烟岚，青灯摇曳千年的执念。

他跪在圆草垫，闭眼，轻念前世今生对她的挂牵。他和婉儿相遇朝殿，将风月与幽梦伏笔指尖，撰写着爱的楹联。

浮世太短，芳菲殆尽纷繁。世事变迁，朝廷兵变，动荡不安。他携婉儿深夜逃窜，暗藏瀛山寺院。她轻抚断弦，眸中含怨。

雪飞成烟。叛军围住大殿，马嘶震天。他临风长叹，剑眉紧锁一季冰寒。突然，婉儿猛推他，一支冷箭将她酥胸射穿，鲜血直溅，他心如刀剜。她吃力轻喃："待来世，再见！"他毅然拔箭，插入心脏，缓缓躺在她身边，只见两缕青烟缭绕缠绵。

三月细雨蹁跹。他考察来到瀛山寺院，如缎的楹联依稀可见。

"婉儿，别等了！"老妪声声呼唤。短裙女孩转身，愕然。他和女孩双双惊颤，泪染红尘画卷。

■ 痴

咏叹调跌宕着琵琶，倾诉凄婉的风华。溪畔的桃花飘洒，彩蝶蹁跹她无尽的牵挂。

那年，凤来亭春景如画。苍山水湄的蒹葭，缱绻彼此心注。他轻抚她霓纱，亲吻她脸颊，许诺爱的童话："莲花，你等我凯旋就出嫁！"

漫天雪花。他一身戎甲，在战场厮杀，鲜血染红白褂，跌下战马。她顿时心乱如麻，弦动音杂，一曲罢，溪水哗啦啦，无数凤凰停歇在枝丫。

尘世如流沙，潮湿一季又一季的春夏。她鬓染白发，思念在琴声中喑哑。

中原平定，他落座的大花轿伴着喇叭唢呐，一路吹打回家。乡里人欢呼，传着佳话：来了朝廷的驸马。

夕阳倒映着最后一抹晚霞。"啊，莲花，你真傻！"她蜷缩病榻，干裂的嘴巴，一张一翕，已无力回答。

他悔恨交加，泪如雨下。

■ 油菜花又黄

残梦依稀石井庵的怅惘，溟濛油菜花的金黄。他徘徊田埂旁，往事逶迤碎石的回廊。

他们大学同窗，文字氤氲芬芳。毕业后，她约他回乡放飞梦想。

三月柳絮飞扬，花香旖旎春光畅漾。他们携手观赏，绵绵爱意盈满彼此的心房。"嘀嘀"他微信骤响："速回！你爸病重！"她泪湿淡妆，别离的身影在凝眸中拉长。

一晃数年时光，他失联天各一方，哪知是他妈玩的伎俩。她百转愁肠，一阕阕诗词倾诉念想。

油菜花又黄。他重回她的家乡寻觅爱的方向。他踏入石井庵，"江南第一泉"哗哗流淌，一比丘尼低头洗裳。似曾相识的模样，久违的别样心跳蚤响他的胸膛。

"你是兰兰？"他惊醒异常。"那是我姐，她因救火而亡。"他一个趔趄，心透凉。她用缁衣遮住满脸的疤伤。

■ 无言的爱

夜雾弥漫灯火阑珊处，她眉头紧蹙，含泪翻看一封封情书。

往事轻梳，难忘羁绊的情愫。她和胖墩、大柱亲情同手足，唯对大柱倾慕。时光如流苏。高考公布，她和大柱考上高等学府，胖墩落榜参军，不愿复读。

斑驳的河堤路，逶迤心灵深处的尘途。春节他们游玩在老家水库，惊扰一行行白鹭。"扑通！"她不小心滑入湖，双手乱舞。他们都不会游泳，胖墩却入水救她，置生命于不顾。

一封封情书，从胖墩的部队寄出。情深的笔触，繁衍爱的花簇，胖墩成了她的归宿。游弋的心事无法放逐。她帮胖墩整理衣物，无意间发现大柱父亲的遗嘱。

湖面平静如故，她心潮跌宕起伏。她相约大柱。大柱嗫嚅："胖墩是我同父异母的弟弟，我不忍他痛苦！"

她泪流如注，视线模糊。

■ 鸳鸯砚雕

暮色隐映他眉间的忧伤，砚石上的鸳鸯，他仔细端详，落寞他眸底的凄惶。

过往难忘。幽暗灯光，她蹲在身旁，看他雕刻"小鸟飞翔"。他说："我再雕一对鸳鸯，就像咱俩成双。"

转眼数年流光。她考上艺校去了南方，他落榜。临别的那晚，他轻吻她脸庞："我要参军，保卫祖国边疆！"退伍后，他回家乡，缺钱雕刻烟雨潇湘。她说，已为他找到赞助商帮忙。

韶光短，梦影长。他发愤图强，砚雕端庄大方，图案千奇百样，成品畅销国内外，还得金奖。她却对他讲："我有心上人，还你砚石鸳鸯。"他困惑，心里淤积无尽悲伤。图中的荷叶下，一对鸳鸯交颈缠绵，微波荡漾，掠起层层细浪。

他神情沮丧，骤然见包装纸上："请原谅，我曾被包养，已配你不上。"

■ 一对金镯

金镯倒映戚泪的蔷薇，凌乱她思绪的漩涡。

那年，大雪纷飞。他们做生意血本无归，他暴跳如雷。细雨微霏，止不住她的泪。欠债难追，她心碎。年底，他的爹娘催促快回。

天色暗黑，她凝睇的眼神充满安慰："我还有订婚的金镯！"他徘徊车站无尽伤悲，一种说不出的凄美。年夜饭，热腾腾的沉醉，散发出爱的芳菲，斑驳着袅袅的香味。

多年后，他的公司名列前位，他昼出晚归，身上熏染不同的女人味。她含泪："我只想金镯配对，别的无所谓！"

以前的金店依然如故，只是陪她的人变得面目全非。他朝她瞪眼："你随便挑！"她惨笑："以前是定做的，怎能配对？"

昔日的情景扯疼他心扉。孤单的金镯耀眼他的悔。

■ 倒春寒

鬼门关迷幻着烈焰，奈何桥头的声声呼唤，那沉湎忘川的魂魄在黄泉路折返。

"你终于醒了……"梦深梦浅梦流盼，幻象飘远。他缓缓睁开眼，只见新婚妻子泪眼潸然。

前晚，当地习俗躲春——新婚夫妻回娘家不能同睡一间。他被安排在村口老屋陪妻爷，老人已瘫痪多年。月影折射他的孤单。他正欲酣眠。突然，岳父家火光映天。他翻身披衫，疾跑上前，倾注所有的勇敢，冲进妻子的房间，未料后脑勺被重物一击，栽倒地面。

春光灿烂，他办理出院。车上，忽听村民交谈：邻村新婚夫妇回娘家躲春，新郎官差点命丧黄泉。新娘的弟弟给爹买了巨额财产保险。原来，她弟泼油点燃，幸好被她撞见。他紧拥妻子的肩，垂泪哀叹。

花影残，凄美漫漶，抒不尽的春寒。

且听风吟

■ 悔

　　一封落满尘埃的信，一帘无法释怀的幽梦。滴血的记忆在春夏秋冬，一幕幕放映。

　　漫天翩飞的流萤，点亮河水月影。他们在岸边树丛，激情翻涌。他气喘急促，解她罗裙，她含羞喊停："洞房再……"他"嘿嘿"点头答应。

　　闪烁的流星，河边的波光涟漪她凌乱的心情。他是飞行员，为训练拼命，难得见踪影。

　　七夕情人节喜盈盈，他俩终于领结婚证，日期约定：婚礼七天后举行。

　　宾客挤满礼堂大厅，唢呐声声盈满她的心旌。良辰已到，新郎未亲临，她透过窗缨，心神不宁。那日他告诉她："最后一轮训练将在明晚进行。"

　　"铃——"骤然响起电话声，一种锥心的幻听："飞机坠毁，因雾霭太重！"

　　他躺着，闭着眼睛。她悲伤涕零，延续着他们的婚礼，多少人垂泪酩酊。

■ 爱的回归

雁翼划破残阳，孤鸣旋翔，羁旅在边城中央。他拖着沉甸甸的箱，眼神迷惘。思绪随倒退的景物暗淌。

他和她大学同窗，毕业后在同一城市放飞梦想。廉租房，芬芳荡漾。

天地苍茫，梦影摇晃。覆华裳，终负浮花一场。她回家一趟。毅然要兼第二职业，当陪酒女郎。她不听劝阻，一股寒流冻结他的倔强她含泪分手："以后我不再是你的月亮。"他拼命工作，忘却忧伤。因业绩蒸蒸日上，被派往总公司，展翅翱翔。

梦凝霜，心未央。临别前，他徘徊在她上班的酒廊。老板娘长叹："多好的姑娘，为养父偿还治病的欠账，昼夜奔忙，憔悴得不成人样！"

拐角处，她无语凝噎的泪光，溢满散不开的惆怅。他镜片折光，对老板娘讲："请你转告她，我要她做我的新娘。"

■ 苦涩

冷风凛冽峰峦，彤云与山色痴缠，像锦缎沐入起落的流岚，葳蕤着并蒂芙蕖褰旋。

高山深涧边。她玉钿一绾，神色怅然取出古筝，纤瘦玉手拨弹。他拂衣仗剑，微醺深邃的柔情隐藏眉宇间。琴声潺潺湲湲，一泓清泪被胭脂浸染。

她曾是他爱伴。尘世纷乱，城池沦陷，他们被俘落难。她美貌惊艳，被敌国将军霸占。斑驳陆离的凄惨，她如凋零的花瓣，卧薪尝胆多年，终如愿。趁将军酒醉酣眠，她盗得兵符和地图，里应外合，将军被斩帷幔前。

琴声驱散他蹒跚的幽怨，他走上前，轻拥她羸弱的香肩："我不再纠结心嫌，希望和你破镜重圆！"

"此次举兵成功，多亏那人的成全……"弦断，她毅然转身，抱起定情的古筝，跃入深渊，"找个贤女，好好掌管你的江山。"

■ 落泪的凤尾竹

梅雨，淅淅沥沥。冷风撩拨她的青丝，拂拭凤尾竹缤纷的泪滴。

"救命……"凄厉的喊声划过天际。她拽起长筒裙子，飞奔入竹林，只见一男子，倒地昏迷。一条竹叶青忽闪消失。她毫不迟疑，俯身，朝他的脚踝伤口猛吸，尔后直奔医院救治。从此，凤尾竹漾动悱恻的涟漪，见证他们爱的传奇。

尘世扑朔迷离。知青返城，他接到通知。她强装笑意："清风哥，你回吧，这里不属于你！"转过身，她泪水横溢。临别时，他吹起爱的旋律，留下竹笛。曾经的甜蜜，只在梦里演绎。

岁月染指，牵念成诗。缠绵的记忆，唯在字里行间唏嘘，叹息。三十年的罅隙，他重返故里，她的坟前已芳草萋萋。原来，她忧郁成疾，早离人世。

她的父母哽咽悲戚："她一直念念不忘这支竹笛！"

■ 曾经的爱

江边，沙滩。枯叶孤单，翩飞多少牵念。她伫立堤岸，落寞，凄然。一幕幕往事涌现。他们牵手迈上红地毯，幸福一路晕染。

钱塘江畔，观潮的人满为患。他们在偏远的沙滩游玩。突然，浪潮狂卷，如猛虎般，吞噬了几十人，一场空前的劫难，凄惨。

他们离得远，才幸免于难。他是游泳健将，毅然甩开她的手，跃入江面。几人被他救上岸，却不见他折返……她声嘶力竭地呼喊，唯见江水漫漫。

一晃几十年，唏嘘多少悲欢。她白霜鬓染，再次踏上海滩。早过忘川，人事已然，她满心忧烦。忽然，一老汉步履蹒跚，朝她直看。她心凌乱，趋步上前。老汉泪湿苍颜："真是你？那天，我头部受伤，失忆，康复已晚……"

她含泪告别他和老伴，踉跄走远。白浪拍岸，一阵阵彻心的寒。

■ 苍幕

秋叶在暮色中迷惘，记忆彷徨在地平线上。她独倚西窗，泪湿淡妆，冷艳的芬芳，在乱世中绽放。

大漠边疆，叛军猖狂，千军浩浩荡荡，百姓遭殃。他是朝中大将，领命出征。新婚当晚，他就身着戎装，奔赴战场。临别时，她泪直淌。他轻抚她脸庞："娘子，等我凯旋！"跃上战马，尘土飞扬。

千里愁肠，诉不尽的念想。苍幕下，枯草翻卷，秋叶落黄。她独自在家伺候年迈的公婆，历尽尘世的万般沧桑。三年后，平定叛乱，战将们回返，却不见他重返朝堂。传言他双腿中毒箭，在北方寺院疗伤。

一抹残阳，落寞悲凉。她毅然轻拾便装北上，奔向远方。

寺院长廊，檀香袅袅溢出佛堂。她凝望，心殇，晕倒地上。只见无腿的他正剃度梵唱，神色安详。

■ 孤旅

　　黑夜滋长忧伤的花簇，细雨倾诉厂房的孤独。

　　高考结束，她落榜不愿复读，偷偷远离故土，如小鸟振翅，脱离家的束缚，踏上打工的尘途。都市的景物，炫人耳目。她做酒吧前台，艳羡他人挥金如土。

　　低微的收入，交了房租，不够支出。闺蜜怂恿她向高利贷借助。日常开支反反复复，债台高筑，她彷徨踯躅。高利贷老板撂下狠话："再不还钱，叫你身首异处！"

　　冷风呼呼，她在被窝里大哭，泪水汩汩，终于拨通父母的电话求助。还清高利贷，她泪眼模糊，后悔当初。

　　尘世沉浮，她提着行李踏上归途。家中温暖的老屋，已换房主。她心跳急促，精神恍惚。邻居王妈叹气："你父母为了凑钱给你还债，卖了祖屋，在山脚废弃的厂房居住。"

　　袅袅烟雾，稀疏，飘舞。

■ 残缺

水塘旁，茅草房，苍老的呼喊声回荡："快醒醒，姑娘！"

她悠悠醒转，老人的破袄盖在她身上。床头的烛光，将她悲烈的伤照亮，她泪水涌出眼眶。

秋深，寒霜。她从学院提前返乡。站台熙熙攘攘，她四处张望。这时，一摩的停驻她身旁。司机戴着头盔："美女，去哪？我车费减半，怎样？"她欣喜若狂。父亲去世早，只有给人当保姆的娘。

夜色泱泱，山路崎岖漫长。她察觉异样，那不是她家的方向。乱石岗。司机目露淫光，她绝望嘶嚷："救命啊……流氓！"枯叶飞扬，片片凌伤她拉扯撕破的衣裳，满目凄凉，踉跄下山岗。梦未央，路在何方？

山脚水塘，她纵身一跃，惊起圈圈细浪。老人满脸沧桑，躬着脊梁："造孽啊，那年我捡回一只豺狼，真不该将他养！"

■ 雪恋

一场雪缘，搁浅在云端。

"砰！砰！"密集的子弹，呼啸耳畔，一颗射穿他左肩，鲜血飞溅。他边还击边躲闪，跃入巷边小院。危急瞬间，门开，他被一老汉拉入内间，恍见一位姑娘浅笑嫣然，清婉。

敲门声凌乱，老汉急忙将他们推进夹墙，方转危为安。迷糊中，鬼子吆喝声渐远。他俩搀扶走出，见老汉浑身是血，气息奄奄，指着姑娘望向他："帮我照看……"

雪花飞旋。他养伤数日，她细心照看，直到伤好奔赴前线。

乱世流年，沧桑了容颜。雪花曼舞着她的深情挂牵。她望眼欲穿，光影里折射出她的孤单。十四年抗战，他终于凯旋，却已浮花梦残。他跪在她的墓前，诉不尽遗憾。当年，她被鬼子抓进碉堡，百般蹂躏，绝望中含泪引燃炸弹……

曼珠沙华的落瓣，垂泪蹁跹。

■ 滴血的麻将

风月如刀，云烟缥缈。她生活拮据，不够温饱，因前夫又懒又嫖。她携幼女加入打工潮。

凄雨潇潇。她觊寻工作，心焦。一麻将馆老板见她小巧，录用她端茶打扫。她吃苦耐劳，对客人热情周到。老板对她百般照料，爱在彼此心中妖娆。他向她求婚："嫁给我，一辈子对你好！"她点头，脸红羞躁。

岸柳折腰，夜莺欢叫。她生下一对双胞胎宝宝。尘世纷纷扰扰，世事难料。这天，大雨滂沱，冷风呼啸。三个宝宝，在客厅玩耍嬉笑。三缺一，客人催她凑个热闹。"和，碰……"麻将的吆喝，声声浪高。客厅里却静悄悄。

她四处寻找，院外井里漂浮着三个宝宝。他接到电话，痛断肝肠，驾车分神，撞了桥，临死喊道："我来了，宝宝。"

她伫立断桥，纵身一跳，浪花惊涛。

■ 苦槠豆腐

欢声穿彻苦槠树的青苍，惊落一地椭圆的想往。

梅岭山上捡拾苦槠的嬉闹挂满羊角辫的晃荡。"石头哥，书包满当当！"她嘟囔。他背着苦槠下山，一路童歌脆亮。夕晖泗红她嵌着酒窝的腮庞："我长大要当你的新娘！"他眉宇舒张。

景德镇陶瓷大学放飞她的梦想。他爸突发脑瘫，他高中辍学接管苦槠豆腐的排档。浸泡、磨浆……生活的重担独自扛，他将情感倾注苦槠豆腐琢磨卤水的归降。她硕博连读远渡重洋，陶瓷设计图在朋友圈频频亮相。

时光汩汩流淌。他站在国际美食节的奖台上，会场飘满苦槠豆腐的清香。陶罐精装的苦槠豆腐订单高扬。

"请进！"嘭嘭敲门声抑着热望。"你是我的陶罐供应商？"他呆愣迷惶。

"还有这款，可以家藏……"她泪眼朦胧，眸光晃漾。

■ 爱在深秋

季节蹁跹，爱的誓言，在日记本里搁浅。泛黄的素笺，句句情深缠绵："我爱你永不变！"

往事如烟。情难却，意相牵。他是军校教官，她是学员。艰苦的训练，苦不堪言。有他的陪伴，她咬紧牙关，情愫潺潺湲湲，彼此心照不宣。

深秋骤寒。那天，他被派往某国维和行动，一去若干年。临别前，他匆匆送她一本日记，默默无言。一页页情感，渗透心间，撩拨她的情弦。思念，无边。散落的画卷，找不回昨天。天边孤雁，形迹影单。

又值深秋，落叶飞旋。她携带无尽的眷恋，重返军校训练点。突然，她无意间，与一伤疤男相撞，那男的一怔，迅速走远。

班主任热情满面："你的教官刚走，他在维和中，为救当地平民，被炸伤脸……"

她含泪追出好远，唯见黄叶片片……

■ 落叶的忧伤

深秋，坟场。枯叶飘落他身旁，倾诉一地的忧伤。独步陌上，他蹒跚的身影拉长。沉睡的时光，回溯过往。

尘世动荡，季节寒凉。心无处安放，经指引方向，他加入地下党。看不见硝烟的战场，雾霭茫茫。上级任务写在纸上："今晚除掉龟野太郎！"

斑驳的月光，暗暗流淌。他攀檐翻墙，直入大佐卧房，对准龟野心脏，连开三枪。突然，警笛骤响，鬼子来势猖狂。他来不及撤退，闪入书房。房内的姑娘，神情慌张，指指帷帐，他才幸免遭殃。

红尘浅唱，他们爱的翅膀，在战火中翱翔，将心照亮。落叶沾血飞扬。他送情报被追杀，她为他将子弹挡，如海棠，凋零在他胸膛，鲜血染红他的衣裳。

她断断续续讲："我……我爹是龟野太郎，当年他来中国做生意，强奸了娘……"

■ 前夫

落泪的红烛，凌乱空落的心簇。她握住玉佛，心潮起伏。

尘世沉浮，战火狂舞。新婚后入伍，她为他戴上玉佛。他匆匆驻足，就紧随队伍，往前线开赴。幽咽的天竺，散发虚邈的抵触，摇曳内心的荒芜。

时光雕琢八年的刻度。博才的笔触，撰写不出此时的孤独。战事结束，他在死亡名单上，她的血液瞬间凝固，泪水如注。邻村铁柱，过来安抚："挺住，别哭！"隐隐真情流露。从此，铁柱对她百般照顾，流离的情愫，在夜色下放逐。

她不再踟蹰，又点燃红烛。爱在唢呐声中复苏。一声声祝福，如当初。这时，角落处，一男人褴褛装束，正朝她偷偷注目。

她恍惚走近，却见她的玉佛挂在门柱。她泪眼模糊，心如乱麻，迅速追出，唯见一团黑雾，消失在巷道深处。

■ 奇怪的小偷

夕阳染红她的鬓白，如云霭的色彩。她的心事长满青苔，一段回忆暗夜徘徊。

温岭临海，台风骤来，城市一片狼藉颓败。儿子儿媳为救邻家老人小孩，被断瓦残垣掩埋，星光陨落在惨淡的未来。她和孙子的日子难挨。她捡破烂去卖，微薄收入换来油盐饭菜。

"你看，奶奶！"孙子抖动奖状，笑逐颜开。她腰椎间盘突出直不起身来，却满脸开怀："我的孙子真不赖！"孙子神色悲哀："那个按摩椅，奶奶怎么不买？"她微笑不语，眼神无奈。

春去冬又来，白雪皑皑。虚浮的尘埃，被覆盖。派出所所长调查杂货店失窃一案，所长对她直白："你的孙子嫌疑最大，令人难猜。"

"叔叔，暂借钱给奶奶买按摩椅，长大一定加倍还……"只见日记本上写得明白。

所长眼眶湿润，悄悄离开。

■ 晚秋

秋凉云寒，残月沉天边。记忆的轻烟，袅袅萦现，如落英于阡陌间，搁浅。

爹死于抗灾抢险，他从小和娘相伴，在没有爹的日子里悲欢。初三那年，也是薄凉的秋天，他故意踢伤同桌，成了少年犯，被判七年。跌碎一生的遗憾。

服刑期间，每逢过年，才见娘的面。娘泪水涟涟："好好改造，勿念！"一种欲语无声的牵绊让他心颤。

岁月在追悔中漫漶，他终于刑满。跨出大门，一缕秋风拂面，他使劲揉揉眼，疾奔家的港湾。

"娘！娘！"他大声呼喊，只见老屋断瓦残垣，院子里杂草兀显，了无人烟。村主任话语忿然："你个混蛋，你娘没钱赔偿，在你同学家当保姆已经七年！"

晚秋骤寒，他跪在妈妈面前："娘啊，我将他打残，是因为他对爹爹辱骂诬陷！"

■ 报应

　　月亮在云霭中穿行，斑驳的暗影，漂浮不定。她诡秘的心，在云苍中冰凝。

　　往日的光景。她和英是大学闺蜜，心思澄明，都对他倾情。白昼交替着宿命。毕业典礼上，他当众对英表白，声音空灵。她的世界崩倾。

　　他与英走上红地毯，款款深情。她心事如冰。流年入鬓，他俩的儿子可爱又聪明。爱已回不到曾经，她怨恨难停。

　　儿童节，她主动陪英，购买许多小孩喜欢的物品。返回时，她再三叮咛："宝宝，这包不能吃，但可以放矿泉水瓶。"

　　电闪雷鸣，她桃花源般的梦境，被英的电话铃吵醒。她赶往医院，心神不宁。英万分悲痛，如刀剜心："宝宝竟然将干燥剂放入矿泉水瓶，爆炸的液体溶瞎了他的眼睛！"

　　月影伶仃，十字路口，她恍惚的身影，被撞飞，如陨落的流星……

■ 菩提树下

　　菩提树下，殆毁她的哀愁，灵魂遁入暮云合璧的尽头。她如一只飞旋的蝴蝶，散尽绚烂的情柔。

　　时间的沙漏，掬不起一丝慰藉的浑厚。她冷瑟颤抖，倾药入喉，缓缓闭上黯淡的双眸。小时候，他们嬉笑树后，快乐无忧。

　　他牵着她的小手："长大后，我要将你娶走！"她害羞，点头。为建筑爱的高楼，他外出打工，无法在家停留。临别时，送给她一对木偶。

　　春来冬又走。她揣着木偶，默默等候。因长得俊秀，吸引人眼球。村主任对她纠缠不休。

　　七夕夜，满天星斗。她伫立菩提树下，仰望空中的海市蜃楼，念幽幽。一个黑影尾随身后，冷不防对她下手……她大声呼救，木偶跌落染垢，菩提悲揪。

　　他跪在青碑前，一遍遍叩首，泪水直流。天地悠悠，他却找不到爱的出口。

■ 洞穿硝烟的电波

　　浪花朵朵随风澹沲，乌篷船在永平大义桥下的芦苇丛穿梭。他踏上堤岸的青石巷陌，秘密传送日伪的战略电波。

　　时光在嘀嘀声中流淌，他们风华裊娜，同在八路军电讯班，情愫潺湲淌过炮火。

　　那夜星光璨烁，他奉命潜入国民党高层工作。临别时，他们初尝爱的禁果，他帮她戴上祖传玉镯。她含情脉脉，芊芊玉手轻挠他的心窝："你是我生命的依托。"

　　时光的纹络在硝烟弥漫中交错，他心底的萧索，无从诉说。

　　这天大雨滂沱，他如往常传送电波，昏暗的月光拉长他的轮廓。突然发现有几个黑影尾随盯睃，他加快脚步欲逃脱。翳昧影影绰绰，他被击晕，来不及躲。

　　刑场上，他戴着沉重的枷锁，她腆着大肚泪眼婆娑。一声枪响，她惊厥倒地，玉镯碎落，鲜血在她的腿间斑驳。

■ 皈依

流光的风华，在记忆中分化。纷纷扬扬的落花，如滑落的一指流沙。那棵白桦，长着爱的萌芽。

他们青梅竹马，白桦树下，跐着小脚丫，走过春秋冬夏。

大学毕业，她支教在老家。他南下，闯荡天涯。临别，她泪如雨下，他轻拧她脸颊："别忘记我的电话号码。"

思念与眷恋像片片雪花，在情感的温度里融化。频繁的电话，倾诉无尽的牵挂。他们谈婚论嫁。婚礼前夕，他的电话无应答。她心乱如麻，毅然南下。

尘世落尽繁华。原来，他在的公司瓦斯爆炸，他为救同事，双眼被炸瞎。她来到病榻，手摸他眼纱，哭声嘶哑。他转头，说："我不爱你，你滚回家！"她抱住他，心如刀扎："你是我心的皈依，就是我的家！"

夕阳西下，满天彩霞。苍老的白桦，续写着爱的神话。

■ 相思渡口

　　氤氲的寒霜，嵌入斑驳的凝望。冷风刮起几多惆怅，瘦了月光，苦了衷肠。

　　那个囍字蹁跹的晚上，他们将红烛点亮，旖旎新婚的芬芳。他是海军，婚假匆忙。三天后，他坐船返航，她悲泪流淌。

　　又一年雪霜，不见他回家乡。闻言，他出入一户岛上人家，挑水买菜买粮。

　　深秋微凉，暮色泱泱，渡口染上半世沧桑。她凭栏思量，如一株断井颓垣的海棠，落花茫茫。他将家中的糟糠遗忘。夜色未央，她徘徊在渡口，胡思乱想，不禁泪又两行。

　　汽笛声响，她总心跳异常。满怀期望，终幽梦一场。突然，他搀着一瞎大娘，走出船舱，步履踉跄。她疾步上前，他笑声爽朗："二丫，快叫娘！"她脸色迷惘，他神情忧伤："大娘的儿子因救我溺亡……"

　　"娘……"她的泪溢出了眼眶。

■ 婚外情

　　夜色清寒，枫叶在落寞中辗转。她泪水盈睫的悲婉，哀怨涟涟，低吟长叹。

　　那天，他和女儿一同去体检。返回后，他神色阴暗，不发一言。月光静然，他们漫步堤岸，已成习惯。此时她却形影孤单，只见风卷微澜，萤火虫在夜幕中漫漶。他常常酒醉，回家夜夜晚。她好言相劝，他骤然脸色突变："你竟有婚外情，真不要脸！"说完，泪流满面。

　　夜半，花影残。昔日的缠绵，穿透昨日的斑斓，如烟飘散。她泪湿枕畔，心酸，偷偷将他的手提包翻。一张 DNA 化验单，揭晓答案。女儿的血型和他的不沾边。

　　尘世纷繁，爱恨迷乱。她毅然去当初分娩的医院，查看女儿出生的存档。原来她的儿子竟被错换。

　　十五年的时光蹁跹，她踉跄走出医院，泪水模糊了视线……

■ 雪花

夕阳晚照，染尽尘嚣。她愁锁眉梢，琴声如诉，轻音渺渺。

那年冬天，雪花漫天舞飘，寒风刮起城池波涛。他佩戴紫玉宝刀，亲率大军，千里迢迢，倾覆她堂哥的王朝。他与她是师兄妹，却各为其主操劳。他曾发誓，爱她到天荒地老。

哪知世事难料，两国硝烟突起，百姓怨声载道。她正在朝殿，琴声缭绕，顿失阳关调。他哈哈大笑："美人江山我都要！"他对她百般呵护，成了她的依靠。浮浮沉沉半世萧条，风雨飘摇。

又见雪花飘，硝烟又袅袅。他身着战袍，苍颜已老。一支毒箭飞到，她大声呼叫，射穿她的细腰。她的堂哥缓缓褪下战袍，仰天惨笑："妹妹，你太出乎我意料！"鲜血溢出她的嘴角，她断断续续道："哥，冤冤相报何时了？"

北风呼啸，雪花依旧在飘。

■ 痕

　　时光的沙漏，羁绊尘途的消瘦。她伫立霓虹掩映的路口，眼神哀愁。

　　那年深秋，结婚之后。他结交狐朋狗友，倾扎在赌海中漂流。他飞遁离俗的自由，夜夜在赌场舞厅游走。单位通报，他被开除刑警工作，混沌到尽头。她服侍瘫痪的婆婆，一丝不苟，心里的苦默默承受，忘了笑容的结构。

　　"执子之手，与子皓首……"誓言褶皱，散尽了等候。深秋，他偷偷翻墙入窗口，站在黑夜里凝眸，愧疚随泪溢流。结婚周年的礼物搁置在她的炕头。

　　影影绰绰的光舟，载不动爱的相守。她心里藏忧，掬不起一丝情柔。他匆匆又走，她的心颤抖。

　　云散雨收，浮光几宿。年关时，他的几个领导来问候，紧握她的手："你有啥要求，尽管开口。你的丈夫是卧底，破获了一桩大案，非常优秀！"

■ 远方

清秋斜阳，萧瑟流光，迟暮画凄凉。她凝望，幽深的远方，倒映出红晕的光亮。

悠悠过往，剪影摇晃。她父亲是宰相，他是朝中大将。洞房花烛夜，一道圣旨，凌乱帐幔的芬芳。她卸下红妆，花事未央，泪两行。他紧搂她在胸膛："夫君是大将，得捍国保边疆！"他跃上战马，尘沙飞扬……

烟雨潇湘，梦影长。思念的翅膀，载不动折翼的梦想。夕阳披霓裳，飞鸟欢畅。他跨着战马，凯旋返航。

夜色泱泱，庆功宴上，他酒量倍增，低吟浅唱，与以前的他，完全异样。她搀他入厢房，连忙将门插上，仔细端详。她惊慌："他的脸竟有不易察觉的粘伤？"她猛然一撕，人皮面具掉落地上。

突然，他腾身翻墙，冷笑回荡："臭婆娘，本想扮成你夫君模样，他在战场，已被毒箭穿肠……"

■ 忏悔

夜半，蜡炬残，浮光黯淡。他凝眸经卷，泪滚腮边，记忆蹒跚。

尘世纷繁。儿子出生，妻难产，撒手人寰。他如摇曳的树干，孤单，梦寒。年华几番，儿子转眼高三。毕业季，阳光灿烂，儿子收到医科大学录取通知单，他心如蜜甜。

这天，学院突然来电："速来医院！"他心慌意乱，连夜动身去车站，隐隐有一种不祥的预感。他满头大汗，推开房门，只见，儿子蜷缩病床上，狂躁不安，床单被撕成一片片。像疯了一般，狂颠。

他心头惊颤，扑上前："儿子呀……"他泪流满面。医生摇头长叹："你儿子的狂犬病发现得太晚！"他脸色惨淡，猛然间，忆起那天，与儿子途经邻村时，儿子为护他，被村民养的狼狗咬了手腕。

寺院，梵音绕殿。他跪在案前，忏悔无边……

■ 心结

河面烟波，影影绰绰。万盏灯火，点缀水面凌乱的衬托。他伫立河岸，手抚铁索。星光闪烁，记忆穿梭。

那年桃花落，花影斑驳，他从河边过，见一女子风华袅娜，秀气的轮廓，却眉头紧锁。忽听"扑通"一声，女子纵身跳河，如飘落的花朵。

昨夜大雨滂沱，他总觉不妥，急往家趋。但此时无暇思虑太多，褪去大衣，毅然腾入水中，救人如救火。她欲挣脱，他拼命将她挪。春暖乍寒，她衣裳单薄，不住地哆嗦。他用大衣将她紧裹。

她泪眼婆娑："山体滑坡，我救了别人的孩子，我小孩却被埋没，我也不想活……"他安慰她说："你没有做错。"

岁月如梭，任蹉跎。送走读大学的儿子，他又来到河边，只见圈圈水波，顿觉心里难过："她救的竟是我的孩子，一个永远的心结！"

■ 变数

暮色染红天边，记忆在云霭里绵延。七夕那晚，她明眸顾盼，等他在咖啡馆。

突然，手机信息闪："宝贝，很抱歉！我正往机场赶，公司有一宗生意，派我跨国洽谈。"苦涩的咖啡，她独自喝完。

大雾弥漫，飞机坠毁波澜翻卷的海面。她焦躁不安，四处打探，失联。铭心的流连，被时光画上句点。没有温暖的指尖，握不紧花开的题联。忧郁的琴弦，默默将心事拨弹。

青梅竹马，大学同窗，恋爱八年，他们正策划踏上红地毯。

这天，她又去咖啡馆。骤然发现，他竟坐在她的对面。她惊颤，走上前。他疑虑满团，神情愕然。陪同的姑娘忙起身，坦言："那天，有几个流氓对我纠缠，没想他路见不平，被打成重伤，失忆，还好错过航班。"

她满腹心酸，泪水模糊了视线。

■ 倾城之恋

战火蔓延，动荡空前。炮弹落校园，凌乱的血腥场面，无从定谳，无比凄惨。

教学楼侧边，激情的火焰，翻卷。他送她一只瓷器猪做留念。军令如山，他又奔赴前线。她凝眸无言，翘望他的背影成为黑点。孤寂的容颜，泪滚腮边。

无尽的挂牵，穿越刀光枪弹的空间，默然沉淀。他临走的誓言，响彻耳畔："爱你永远，胜利后在这里相见！"

染指流年，落花三千，城市在等待中沦陷。这天，雷鸣电闪，枪声不减。她不顾危险，冒雨奔赴临时教学点，途经一片断壁残垣。

突然，一颗子弹斜穿她胸间，怀里瓷器猪摔碎地面。就在这一瞬间，他熟悉的身影出现。她惊颤，泪水涟涟，边跑边喊："阿山……"

"阿莲……"她扑倒他怀中，鲜血飞溅，却浅笑纤纤，如绝美的红莲。

■ 落花

树荫，遮不住月光的暗影，心事在夜幕中穿行。

那晚，月柔风轻，树木掩映。她的眼睛，灿如双星。他们戚吻、缠绵，狂颠不停。他俯耳轻咛："花儿，等我打工攒足彩礼钱，就迎娶你，记住我俩的约定！"她手捋他送的长命锁，点头答应。

翌日，他在晨雾中走走停停。她泪水滢滢，忧郁而安静。直到看不见他的背影。

沙漏的风景，结成冰凌。傍晚，她腆着大肚子，徘徊在森林，重温往日情景。唯见一片浮光掠影，冷冷清清。

突然，几双绿眼睛，朝她逼近。她大惊，颤喊："救命……"天不应，地不灵。深山只有回声。她如雨打浮萍，片片凋零，殷红的落英。一串长命锁在风中叮铃。

一声声雷鸣，划破记忆的光影。"对不起，我不该娶老总的千金。"他手抚墓陵，哭肿眼睛。

■ 昨日烟雨

烟雨小桥，柳条萧萧。她红衣随风飘。

硝烟袅袅，几度飘摇。他由远及近，跫音渺渺。她打扮妖娆，浅浅笑。她和交通员对上暗号。他反复唠叨："特派员明晚六点到，我负责安保，你一定要记牢！"

车站人声喧嚣。只见特派员头戴礼帽，拎着黑挎包。他悄然尾随盯梢。出乎意料，特派员竟走进"大上海"逍遥，他冷汗直冒。

突然，他发现特务暗哨。危急时刻，他毅然拉下电闸，引导特派员趁乱逃跑。

三千愁丝拧眉梢。他俩疑虑难消："绝密情报，敌人怎知晓？"多个联络点被端掉。

夜深，他俩辗转睡不着。"嘀嘀"的发报声，轻轻地惊扰。原来是特派员泄漏情报，证据确凿。"砰！"特派员应声而倒。

昨日烟雨，今日阳光照耀。真的特派员即将来到。他俩携手相视而笑。

■ 背叛

夜阑珊，灯花残。记忆漫漶。她和他同在戏班，心照不宣。

那晚，朱阁茶馆，宾客爆满。她二胡拉弹，弦音婉转。他执莲花扇，摇曳着浪漫。

突然，一颗炮弹，落在戏台中间，台下一片混乱。凄惨，在炮火中蔓延。她醒转，他却音讯寂然。日寇侵犯，硝烟弥漫。她临风长叹，毅然参加锄奸。准确的情报来自敌特机关，锄奸队令汉奸闻风丧胆。她凝眸挥翰，无语的牵绊，守候阒然。

这天，上级派她和内线，接头洽谈。她来到朱阁茶馆，四下顾盼，往日情景浮现。只见接头的黑衣男，用毡帽遮住半边脸。她摘下墨镜，欲上前。

瞬间，鬼子冲进茶馆，个个荷枪实弹。她掏出手枪，意识到内线已叛变。毡帽落地面，"竟是他！"那颗子弹，射穿他眉间。

她倒在血泊中，如红色花瓣。

■ 天亮了

夜幕如画,星辉倾洒。

她和他紧拥,脸染红霞,眉宇间,一点朱砂。他亲吻她秀发,轻捏她下巴:"二丫,我此去凶险,你找个好人家嫁了吧,别傻!"她摇头,潸然泪下,剪下一绺黑发,赠给他。他跃上战马,扬起漫天尘沙。

黯淡月华,冷透幔纱,她望断天涯,无尽牵挂。这天,雷电交加,她心乱如麻。战场上,他挥刀与日寇厮杀,血染夕阳,栽倒马下,部队将他送回老家。他闭着眼躺在床榻,不能说话。

岁月如沙,落尽繁华,她满头青丝,熬成了白发。"日本投降啦!"街头小巷一片喧哗。他的手指动了一下,缓缓睁开双眼,表情惊讶:"二丫,是不是天亮了?"

她没有回答,喜极而泣,两行热泪滚落脸颊。

■ 算计

偶遇尘缘，一纸墨染。她徘徊在情感的边缘，肝肠寸断。小长假，她兴致盎然，孤身旅游江南水乡景点。

河岸，柳絮柔曼，落红低吟缱绻，滑过香肩。一种悠闲，一份恬淡，迟暮了岁月光环。

突然，黑衣男，悄然靠近她身边。背包被抢，她拼命边喊边追赶，黑衣男在拐弯处不见。她大哭，跌坐地面。

半小时后，他提着她的背包来到跟前："你将钱物点点！"她抬头愕然，正是昨天与她一同坐缆车的大汉。她惊喜连连，连忙将泪擦干。他禁不住莞尔，笑意浅浅。

从此，似水流年，谱写着幽美迷离的诗篇。他们迈入爱的宫殿。原来他是一公司的老板。

结婚晚宴，热闹非凡。她上卫生间，无意中听见："你看，老板就是忘不了他第一次情缘，那次设局相见，因为她像他的初恋……"

■ 爱的疼痛

繁华落尽万般愁，泪雨绵绵朱颜瘦。灯暗影幽，她独抚键头，琴声断肠何时休？

那年端午赛龙舟，她在堤岸等候，为他加油。他是舵手，队员拼命划游，红队龙舟如水蛇往前划走。一红一蓝两队龙舟，同时经过桥墩漩涡口。

突然，一红队员不慎落水令人担忧，但龙舟未片刻逗留，依旧向前疾走。蓝队，却调转龙头，救人上龙舟，不再争上游。她蓦然回首，只见他在冠军席上乐悠悠。她转身挥袖，毅然和他分手。

又是端午赛龙舟，她徘徊在堤口，往事历历涌心头。"阿兰……"他站在她身后，别绪千般搁太久。

"其实那次落水的是我弟，弟是游泳高手！"她顿时泪涌双眸，一滴滴如红豆。

她不知，那次的奖金，他并未接受。而是请组委会，奖给蓝队的参赛队友。

■ 蜕变

蒹葭苍苍，她凝眸泪成两行。望着他被铐走的背影，陡生悲凉。她紧追几步，语重心长："好好改造，等你到地老天荒！"

他们曾是大学同窗，牵手陌上，花语馨香，迷醉了春光。公务员录取，他踏着月光，将她房门叩响，共谱梅雪齐芳，醅成梅花酿。他誓言旦旦："若我当大官，定为民着想！"

世事无常，候鸟鸣唱。他因清廉美名扬，破例升迁为建设局局长。从此，小院干枝腊梅如期绽放，立尽斜阳。她苦苦张望，却只盼回几只大木箱。

冷夜倚梦长，思念弦上淌。反贪局局长和部下连夜登门造访，调查他的动向。她事感蹊跷，到地下室撬开木箱，整齐的金条闪耀刺眼的光芒。霎时，她晕瘫在地上。

"砰！"熟悉的门响，她暗拨举报专线，泪水溢出了眼眶……

■ 桃花乡

记忆隽永一阕诗行，思念在岁月里张扬。

月洒荷塘，疏影成双。初吻掠起粼粼细浪，绵长了夏怡盈香。她和父母下放桃花乡，爱萦绕在他们的心房。回城那晚，脉脉柔情在土炕，涓涓流淌。

流年悠长，他的养殖场，资金链中断，正苦思冥想。这时，有人愿合资一同承当，他惊喜异常。

一份执念一份忧伤。他频频拒绝妙龄女郎，将一朵纯白守在心上，悄然绽放。唯一纸笔墨挥洒如澜念想。他默守淡然的时光，痴望她走时的山岗。他的情爱，只为一人苍凉。

风清月朗，虫儿弹唱。他又徘徊在荷塘。圆圆的月亮，宛在水中央。

"阿爸……"一声稚唤，醉了桃花乡。他转身惊慌，她携着小女孩似从天而降。她俏皮地对他讲："妈妈派我来管理养殖场，她怕投资会泡汤……"

■ 巧遇

秋叶惆然，片片零落地面。月光洒一隅微澜。她独倚栏杆，思绪绵绵，<u>丝丝挂牵</u>。

"妈身体欠安，速返！"她心急如剪，中转站，得住一晚。

在旅馆，一陌生男尾随她入房间，幸好门没关。她冲出房门大喊："救命……"房客顿时围观，那陌生男说："她是我媳妇，你们别管！"她被撕扯，百口难辩，泪潸然。

突然，一瘦高男猛挥拳，隔开她和陌生男纠缠。她腾出手，颤拨110。警察及时赶到，她心安。原来那陌生男是越狱逃犯，见她孤单，意欲蹂躏。

"妈，我回来了。"门掩，阵阵笑声爽朗。她愕然，妈和他聊得正酣。蓦然相见，双双惊喜万千，暗香潺潺湲湲。妈很健谈："你石头哥是喝我的奶长大的，后来他家搬迁，失联。"

几多回忆化无言，温润悠悠的眷，盈满心田。

■ 醒来

山花烂漫，朵朵娇妍。她撑渡，清眸流盼，观景悠闲。

哪料，雷鸣电闪，大雨涤荡。她心惊胆寒。天渐暗，她大声哭喊，回音旋颤山涧。

突然，一紧身男，从天而降，缫绳缠她腰间。鼻尖贴鼻尖，心跳晰音潺湲，相拥空悬，平铺一泓剔透的遇见。他双眉低敛："我正在崖边，走钢丝训练。"语气柔绵，沁暖心田，澜卷一峭壁心藤的留恋。原来他是运动员。

轻捻殷殷期盼。世界走钢丝比赛终于上演，两两参选，步履矫健。他稳操胜券，即将抵达终点。蓦然回首发现，他的对手举步维艰，万分危险。他毅然回返，救对手脱险，他却不慎跌入深渊。他救的人是她的哥哥，他被送入医院。

梦云惊断，她悉心照料床边。一晃三年，他悠悠醒转。两颗泪珠，滑落眼帘。

■ 爱有多远

繁星璀璨，月光悠然。她静守一盏安暖。

河湾，碧水蓝天。绿锦丛簇的浮萍荷叶间，他探头低唤："阿兰……"余音袅远。她泅水他身前，闭眼，如绽放的莲，任其吻遍，任其狂澜。他踊跃参军，请缨去高原。临别，蜂眷蝶恋，凝眸潸然，滑落在心间。

光阴辗转，她办了最大的养殖场，腰缠百万。为他独守清寂的港湾。挥不去的痴恋，掀起心曲万千。她孤单，徘徊在河边。往日情景又浮现，她泪眼问天："爱到底有多远？"

"阿兰……"一声戚唤，轻颤了相思的河畔，如梦似幻。她惊喜连连，转身愕然。只见，他抱着小孩和一女人并肩。她心头一颤，泪滚腮边。

"阿兰，这是战友遗孤和特教学校校长。因资金难周转，急需你募捐。"语气柔绵，甜沁心瓣，她欣然将头点。

■ 情霾

煮一壶苦水相溶，吟一阕痴情深种。他喝酒千盅，备感心痛。

往事匆匆。望苍穹，铁窗隔西东，唯笔墨伴倦慵。苍天捉弄，他们邂逅双龙洞，同乘一叶扁舟游玩岩孔。沿途水势汹汹，她忧心忡忡。

突然，小船转弯悬空，她尖叫怔忪，趔趄跌入他怀中。她脸通红，心潮翻涌，他轻拥，对她喁喁："别怕，俺会游泳。"情愫潺潺淙淙。从此，他们灵肉相融，情深意浓。

冷风吹皱愁容，他和同事内紧外松，跨省寻踪，调查过期的疫苗接种。雷声隆隆，闪电如长虹。所有线索提供，她竟是幕后操纵。

林隐小楼葱茏。他敲门，心恸。亮出手铐，他亲自押送。她泪滚娇容："烦你照顾孩子，我罪孽深重。"

夜朦胧，月朦胧，时光流逝中。这天，有一男孩来探监，和他长着一样的面孔。

■ 泪痕

风轻雨掩，惋叹流年。今生无缘，思他却依然，梦无端，隐隐泪痕湿枕边。

三月天。世界台球赛滨海体育馆，她是宾馆领班，宾客爆满，日夜加班。

那晚，502客房灯闪，她如往常，前去查看。门没关，她敲门边。突见，那老外的碧眼，淫光骤现，将她抛到床畔："哈哈，东方美女，尝个鲜！"她大喊："救命……"一声声划破黑暗。她泪滚腮边，危急瞬间，他破门而入，猛挥双拳，直击老外脸面。他转身将她和床单，一起裹卷，抱往他的包间，径自离开走远。

第二天，她四周寻遍，不见。夜色黯淡，她凝聚千言，凌空化思念。

四季兜转。台球赛又赛选，她流盼嫣然，望眼欲穿。他果然来订房间，气质非凡。她腼腆，约他湖边。他坦诚直言："我已有麻花辫……"

■ 真爱无价

夜幕幽寒，残月黯淡。红尘如烟散，梦里搁浅。往事浮现。他独步公园，梦憾江南。

服装展演，T台中间，她莲步款款，流眸顾盼，似仙女下凡，他心慌意乱。

傍晚，凝烟点点。他们拥吻林间，羞了云天，惊了飞雁。鸳鸯锦梦多年，爱如蜜甜。他是她父亲公司的设计总监。

那天，她突然约他河畔，苍白着脸，字字捶心坎："分手吧，我不想再和你纠缠，除非你当了老板！"她转身跑远，如风筝断了线，失联。他肯拼肯钻，为的是要羞辱她的颜面，一晃五年，终成大腕。

这天，他着装灿烂，启动宝马，来到她别墅前，准备奚落她一番。她的父母恰逢外出，他开车悄然尾随后面。

山路崎岖蜿蜒，她父母手捧白玉兰，立于坟前，泣不成声："女儿啊，他已如你所愿……"

何以爱情

叹流年，抚琴弦，曲曲泪潜。

大学艺院表演，他一袭青衫，手执摇扇，帅气伟岸，台下掌声一片。她如天鹅蹁跹，踮起脚尖，不停地旋转。

突然，舞台塌陷。醒来发现在医院，她腿被石膏缠，无法动弹。她伤心，泪难干。护士赞赏连连："多亏你男友昼夜陪伴！"

她康复出院，他被聘跨国戏院。临别前，他们在宾馆，蜂颠蝶乱，爱海狂澜。他呢喃："宝贝，等我一年。"瓜熟蒂落，儿子如他的翻版。日历再翻，她孤枕难眠，电话打遍，他失联。她遭受白眼，忍受孤单。

这天，他忽然留言，约她见面。她惊喜万千，着装打扮，早早等候在宾馆。只见，他英俊不减，态度却令她心寒："想和你交换，我夫人不会生，支票随你填。"

她噙泪将支票撕烂，碎片撒满他的脸。

■ 桃花泪

　　夭夭桃花，散落天涯，凄美了蒹葭。

　　桃树下。她与他，光着脚丫，缺着门牙，嬉玩过家家，羞了桃花，红了脸颊。

　　渡尘流沙。他们长大，读书，走过锦瑟年华。毕业后，他将满腹才华，挥洒襄阳老家。她毅然南下，独揽繁华。临别时，她潸然泪下，他吻干她泪花："傻瓜，哭啥？我们可以通电话。"他俯耳许诺爱的神话。

　　咫尺天涯，无尽的牵挂。她答应他的求婚，已请婚假。然而接连几天拨打电话，无人回答。她心乱如麻，着急赶回老家。青梅树下，却不见竹马。染指桃花，凋零成烟沙。冷风纷杂，墓前残蜡，唯见一张黑白像任凭风吹雨打。

　　那天，雷电交加，他和科里几个同事去乡下，扶贫勘察，突遇山体垮塌。他的同事边擦泪边答："他为了救我，才被滚石砸……"

■ 生日宴

指尖滑落的眷，在心笺，灿烂成娇羞的颜。灯火阑珊，他们在河畔，戚吻缠绵，点燃一生的恋。

痴语如蝴蝶的翩，婉婉趼趼，氤氲夜的焰，醉看世态万千的变。

那晚，同学生日宴，大家聚会酒吧包间，璀璨嫣然。同学自带舞伴，她第一次参加这样的场面。男友身份特殊，出席宴会不方便，她备感孤单。

突然，进来服务员，趁倒酒遮眼，将东西撒入杯里面。她注视愕然，暗拨男友专线。精确的化验，显示出摇头丸。又一晚，服务员和老板均被捉拿归案。她和他描摹着爱的圆，溢漫一泓嫣柔的绻。

四季兜转，她又参加生日宴。这次，他们换了地点。席间，同学窃窃私语："她男友的亲哥，就是那酒吧老板。"

情与念，泪染了她心中那抹柔软。她为自己骄傲，一名卧底暗探。

■ 二胎

满纸旧章，泪湿霓裳。她斜倚轩窗，消瘦了模样。

大学毕业，青春激扬，他们支教新疆。共同的理想，指引着爱的方向。"真香！"他将茉莉花瓣，插她云鬓上。她趁机后仰，香唇滚烫。潺潺的情感，在花间流淌。岁月悠长，他们步上红地毯，爱涌洞房。

夜寒凉，雪飞扬。她回家乡生养，婆婆见生姑娘，恶语相向，脸色如霜。她落泪经常，暗自心伤。

二胎开放，婆婆赶来匆忙，杀鸡宰羊，叨叨嚷嚷："快给我生个男儿郎。"

放学路上，流氓对女生猖狂，她挺身与流氓反抗，小产当场。医生的话在耳畔回荡："你再不能生养！"她哭断肠，反复思量，一纸离婚协议，搁病床。他将她揽在胸膛："宝贝，我只要你安然无恙。"婆婆煲来鸡汤，满脸慈祥。

一束阳光，照亮病房。

■ 你是我的眼

花瓣纷飞了季节的暖。浅浅的念，深深的恋，幻化成梦魇。

她凝望彩云之南，心泛波澜，和阿山邂逅桃源，千里姻缘网线牵。文字如泉，悸动了心弦，芬芳了流年。

情人节，他约她见面。爱的伊甸园，蝴蝶蹁跹，月下花前，盈满心尖。她不问沧海桑田如何变迁，唯守候千里共婵娟。

三月江南，岸柳如烟，相思压弯了眉间。浮云聚散，他从此失联，迷雾团团，旦旦的誓言，随风飘远。她是警员，难以割舍儿女情绵。消息来自内线，她带队员，连端多个传销窝点，获奖升迁。

颁奖那晚，上司为她引荐，她急赴办公地点。门虚掩，她推门悄然，惊愕是阿山。局长笑容满面："他就是内线，也是你长官！"

她羞红脸，惊喜万千，猛捶他肩："原来，你是我的眼！"

■ 老牛湾

落墨成殇，三千惆怅。她独自倚窗，遥看世界屋脊所向。

望月楼上，她一袭素妆，猫屎咖啡又凉，落日昏黄，点缀着过往。尘封中那些缠绵的影像，散落在心桥相约的地方。

老牛湾莲湖旁，"三哥……"她紧紧偎依在他的胸膛，心旌荡漾，情深意长。第二天，他着军装，气宇昂扬，开拔西藏。他转身，携走醉心的花香。她哭断肠，边追边讲："我等你到地老天荒……"

她倾尽守望，两杯猫屎，两杯风霜。任咖啡香漫过诗行，玉案白笺静默轻放，无色无光，薄薄信笺闪动着相思的泪淌。他出国维和，任务光荣高尚。

莲湖旁，淡雅点染她的忧伤，伪装的坚强，每次见儿子的模样，备感思量。唯见水中央，交颈呢喃的一对鸳鸯。

突然，湖面倒映出三哥的脸庞，还有一枚军功章挂身上。

■ 牵绊

一份牵绊，氤氲心底的温婉。记忆幽远，幻化一抹悠然。狼毫轻点，墨湿纸笺。

三年前，暮雨江南，宛若垂帘。她躲在桥下，忘了带伞。

突然，来了三个地痞青年，淫眼，垂涎。地痞拉扯撕衫，她被按，手脚不能动弹，惨然呼喊，划破夜阑。

眼看就要被蹂躏，她两行血泪滑落腮边。忽然，一道白影，踢腿挥拳，流氓四下仓皇逃窜。他脱下白衫，裹她身上，不发一言，转身走远。

一晃经年，她被台长派往山间，采访献身特教事业的校长。骤然相见，她惊喜连连，泪意莹然。还单身的他俊朗伟岸，侃侃而谈，痴了流年，醉了心弦。

临别前，她云霞染脸，对他轻言："我一直珍藏、守候着那件白衫……"

■ 带血的玫瑰

　　繁华望断，独留一抹嫣然。西子湖畔，她湘裙薄衫，拈一朵玫瑰花瓣，心碎泪潸。

　　似水流年，恍如昨天。他才貌双全，成了大学女同学追逐的焦点。她家境贫寒，如一朵白莲，不染尘烟，静然，安恬。他唯独对她倾心一片。从此，千里姻缘一线牵。一页页信笺，情语呢喃。脉脉绵绵，承载一生的顾盼。

　　梦里花开春意暖。情人节那天，快递送到门边。纸片赠言："送你999朵玫瑰，爱你永远！"她半闭双眼，爱意潺潺，如梦似幻。

　　她惊奇发现，一朵朵玫瑰娇艳，有些花瓣，竟有血斑。她忐忑不安，电话失联。她毅然决然，前往察看。

　　肝肠寸断，泪难干。墓碑前，蜡炬残。他的母亲泪流满面："他举报黑社会勾结贪官，被蒙面人刺中脾胆，当时玫瑰花撒满地面……"

■ 团圆

夜无言，她辗转难眠，情牵云南。今生缘，守望一树洁白的诺言，羞涩片片雪瓣。

那天，她正值当班。列车缓缓靠站。突然，闯入一伙蒙面汉，朝着下车旅客，挥刀就砍。旅客们顿时乱作一团，四处逃窜。这时闪出一个年轻人，勇往直前，孤身奋战。后来，和巡警一起将歹徒捉拿归案。他臂膀受伤，鲜血染红了衣衫。

她连忙陪他上医院，细心照看，暗动心弦。从此，他们微信不断，深深鹣鲽醉情绵。原来，他是边防军官。她是列车员，奔波在运输线。

一晃三年，她望眼欲穿。一趟临客列车的机缘，让他们有了半个小时的"团圆"。骤然相见，他们相拥泪眼，馥郁绵甜，铁马倥偬的爱恋，柔情万千。

时间转瞬即逝，来不及嘘寒问暖，列车缓缓离站，他追出好远，好远。

■ 期盼

四月天，春意盎然，花韵幽婉。他们相拥江边，波光潋滟，白浪缱绻。羞了玉颜，惊了海燕。

地北天南。相同的公务员志愿，珠海海关，邂逅了情缘。

拥挤的公交车，咸猪手摸到她胸前。是他喝退淫贼，她顿生好感。

面试那天，他们又相见，她心澜翻卷。他风度翩翩，出口不凡，令考官刮目相看。她妙曼美艳，金口玉言，句句入题眼。一场唇舌之战。名额有限，她被选，他却落单。临别前，他对她信誓旦旦："明年再考海关，不见不散！"

转眼一年，她顰眸顾盼，独步江边，惆怅，孤单。无尽的牵念，蔓延。

突然，一双大手蒙上她的眼，她转身娇颤，猛捶他肩。他抱着她转圈，欣喜喃喃："我面试已过关……"

雾消云散，天蓝蓝，海蓝蓝，倾醉了爱的期盼。

■ 心有灵犀

夜静谧，缕缕情丝，醉绕成诗。她用素笔，撰写甜蜜，记忆依稀。

浮华尘世，扑朔迷离。大学毕业之际，她欣喜，自立，提着行李，频频递交履历，终被聘为印刷厂内勤管理。

她天生丽质，遭妒忌，受排挤。她值日，物什不断丢失，一赔到底，工资所剩无几，她暗自哭泣。保安看在眼里，对她关心，体己。她心动，滋生爱意。

从此，她工作努力，晚睡早起，处处留意。这时，她发现有个地下室。她蹑手蹑脚窥视，啊！是制钞机，假钞堆积，她吓得魂不附体。顿时，被羁押，她向保安抛眼神示意。

翌日，警察包围了整个印刷厂，罪犯无一逃离，她万分诧异。保安身穿警服，神采奕奕，真情外溢。他朝她俯耳轻呓："我是便衣，早对这里起疑！"她的心泛起圈圈涟漪。

■ 誓言

冬寒，北望。丝丝挂牵，缠绕心弦。

一页素笺，凝聚千言，迹墨绵延。地北天南，剪不断的眷恋。

他们在警官学校训练，共同的志向，暗滋爱恋。结业那天，他们依依不舍，戚吻，爱抚，娇喘，缠绵。他誓言旦旦："我爱你，永远……"

从此，千里姻缘，情书频传。两年前，风云突变，一切信息中断。

一晃经年，她成了异地交流的警官。上任期间，她查看下属档案，竟发现他也在里面，但名字被画了圈圈。她惊颤，默默无言。

突然，内线信号闪现："毒贩交易，在城郊野草湾。"她带队冲在前面，一枚子弹，贯穿她肩。这时，他步伐缓缓，四目相对，心照不宣。枪口倒向，将毒贩一举灭歼。

鲜血染红了她肩，他愧疚万千，心澜翻卷。她偎依在他胸前，红彤彤的脸。

■ 念殇

夜半，泪痕未干，苦和着咸。清瘦的思念，漂泊梦里水岸，涟漪着无眠。

时光辗转。那份情感，静然，安恬。

七年前，她在加油站上班，他是货运老板。他总恰逢她当班，光临加油站。悄然间，心意相连，情焰蔓延。

这天，大雪弥漫。她匆匆下班，回老家探望。他凑巧碰见，载她一趟。浓浓的情愫，一路晕染。

雪路漫漫，转弯，打滑，刹车、挂挡失灵，他脸色大变，学校就在前面，又是放学时间。他心慌意乱，语气紧张："那儿有一块荒田，我数一二三，你就跳，你必须勇敢！"她反应慢，惊慌愕然。

临近田边，突然，他一手紧握方向盘，另一手猛推搡，她跌入田间。随后，一声巨响，划破云天。他将车撞向大树干……

他血流满面，紧闭双眼，眉间，却笑意浅浅。

■ 网缘

一对雨燕，穿过柳帘，在风中飞旋，缱绻。她撑着紫伞，独步河边，雨滴点点，淋乱了水面，淋湿了心弦。

两年前，他们网络遇见。文字缘，如涓涓温泉，婉约了琉璃万千。一生爱恋，是他们今生相守的诺言。

那天，他和她相约见面。烟雨绵绵，旖旎了爱的期盼。她云霞染脸，着装打扮，早早等在高铁站。她手执《悦读》月刊，等了半天，手酸，腿软，他没有出现。她幽怨，泪水泛滥。

突然，同事肖磊停车身畔："兰，上车，快点！"她冷然，愁绪满满。进入肖磊的房间，肖磊转身入厨房，为她做早点。她细看，客厅物品杂乱，唯有一本《悦读》月刊，显眼。

千般眷，万般恋。他非远在天边，是近在眼前。她泪意盎然，莫名的情愫晕染心间。

■ 诺言

　　繁星点点，波光潋滟，他们相扣相挽，漫步河边，心澜掠过眉弯。

　　掀开夜帘，吻落峰间，娇喘，缠绵。任激情潺潺，馋了指尖，乱了心弦。

　　记忆悄然，孤单蔓延。他们相恋三年。他是隧道开发技术员，在甘藏线上班。难得休假空闲，那次临别前，厮磨耳畔，呢喃："我爱你，永远，永远……"

　　一晃三年，淡淡的笔尖，氤氲无眠。她望眼欲穿，泪意印染，毅然，奔赴西藏。

　　山路崎岖蜿蜒，望不到边。突然，不祥的预感，缠绕心间。远观，隧道的工作人员，血丝满双眼，依然扛着风钻，奋战。她踉跄上前，队长摇旗大喊："离远点，隧道塌陷！"

　　傍晚，雪花飞旋。她祈祷祝愿，站成一个雪人，直到第二天，第三天……第七天。

　　她幻见，在曾经的河畔，他们相依着一抹微澜。

■ 绝恋

残月高悬，萤飞如烟。夜色阑干，情愫痴缠。她独倚栅栏，泪水涟涟，思绪万千。

几个月前，他们都是小不点，有幸被主人关在同一羊圈。她摇着小尾卷，一任他胡髭嘴吻遍。

每天，主人扬鞭，赶往草原。他只啃她的残草剩苫，满满的爱恋，醉梦流年。她白皙毛卷，丰满，惹人喜欢。他却辗转难眠，担心她的安全。

无意间，主人和买主的交谈，被他听见："那只卷毛好看，我定单！"他顿时心慌意乱。从此，他性情大变，每次都将嫩草啃完。他日渐光鲜。她心伤，卷毛黯淡。

那天傍晚，一道闪电，划破苍天。他被牵出羊圈。临别前，他含泪大喊："你以后要少吃点……"

她肝肠寸断，他的话语在羊圈久久回旋……

■ 缆车奇缘

春暖，山花烂漫，莺啼婉转。他读研，回来游玩几天。

他独步山间，嬉戏欢颜。突然，见一白衣姑娘，妙曼，美艳，浅笑嫣然。他暗动心弦，苍天有眼，他竟然和她坐同一辆缆车下山，浮想联翩。

忽然，缆车在半山腰高悬，停滞不前，下面是万丈深渊。她脸色大变，如坐针毡，狭窄的空间，弥漫危险。电影中的画面，闪现。他故作淡然："别急，或许是停电。"手机信号又中断。

天色渐晚，夜寒。她泪潸，楚楚可怜。他轻拥她肩："有你相伴，即使命丧，也无憾！"一份温暖，盈满心怀，她羞红脸。

第二天，旭日东升，缆车缓缓，正常运转。他们凝眸，胜过万语千言，爱意溢满心间。

次年，一段奇缘，温润了流年。他父亲酒后吐真言："这姻缘，多亏亲家做导演……"

■ 滑冰

邂逅情缘，千回百转，梦萦魂牵。往事如烟，她再次徘徊河畔，流盼嫣然。

一年前，她青丝高绾，淡雅若仙。她是剧组特约演员，来此边缘，拍电视剧片段。

傍晚，她身着红衫，独自散步悠闲。她见结冰河面，兴趣盎然，滑冰游玩。突然，一块薄冰塌陷，她尖叫，掉入冰窟窿……他正在岸边，拍远景照片。忽然，发现不见了红点。

他快如闪电，边脱衣裳，纵身跃入，几乎弹指间，救她上岸。她唇紫，打战。他抓起衣裳，裹紧她，搂在胸前，急送医院。她是演员，导演封锁了传源。她醒转，着急打探："只知他来得远。"

时隔一年，她随剧组下乡义演。骤然，和他遇见，她腼腆，举步向前，眼神缱绻。

他惊喜连连，抱着她转圈，转圈。原来，他是这儿的大学生村官。

■ 幸运星

红尘情缘，她一生痴恋。星隐月残，她隔岸，泪断。

高中，她倾心班长，暗恋。她腼腆，默默喜欢。空闲，她就叠一个幸运星，写一句悄悄话放里面。

毕业志愿，她和他填同一所学院。如愿，她笑意涟涟。大学期间，她无数次按下他的数字键，却始终未按呼叫键。满满的思念，扼腕心间。她读研，他当了大老板。不久，他和大官的千金，喜结良缘。

一晃五年，他却公司破产，妻离子散。她心颤，在酒馆找到颓废的他，交给他一大笔存款，淡然："期待你重振的那天！"

他辉煌重返，携巨额款，上门拜访。她妈脸色黯淡，捧出幸运星十罐，摆在他的面前，泪淌："这是她的遗愿，你就当留个纪念。"

他随手取出一颗，有小纸笺："你是我一生的牵念……"

■ 转身

一场姻缘，却情深缘浅，他尝尽悲欢。回想初见，她舞步翩跹，迷乱心弦。

五年前，她是高中文艺教员，才貌双全，轰动校园，追求者排长线。他是混混，爱上她，竟暗地里挥拳，警告那些人离她远点。她为爱转身，和他牵手走上红地毯。

从此，他洗心革面，肯拼肯钻。几年时间，当了大老板。她开着豪车在学校出现，人人艳羡。

那天，雾霭弥漫，豪车与大卡车相撞，她撒手人寰。他出差外面，如同塌了天。医生长叹："她心善，临死前，恳求把器官全部捐献！"

天堂远，多少时光沛颠。他沉稳伟岸，许多妙龄靓女主动搭讪。他转身，冷淡："老婆在家等我吃饭。"

烟雨落完，伤心未干。他缓步回房间，手抚遗像，啜泣哽咽："老婆，你怎忍心让我孤单……"

■ 情系桃花湾

时光匆匆。她独倚闺楼，默默等候。望穿北斗，何时聚首？往事一幕幕，绕心头。

一场邂逅。桃花湾路陡，一辆豪车晃悠悠，直抵她家门口。他皮肤黑黝，眼眸机灵滑溜。他父母是她爸好友，因开发山区漂流，无暇照顾，让他在此寄宿逗留。他们一同上初中，时间的沙漏，悄悄溜走。过堤口，他总牵着她的手。柔柔情愫，如溪水潺潺流。

桃花又红，他父母接他走。临别时，他紧握她手，偷偷说："长大后，我就娶你走！"他频频回首，她挥手泪流。

一晃十五个年头，几多忧来几多愁，他约她在桃花湾路口。骤然见他，万语千言噎在喉。她凝眸，情如稠。他消瘦，眉头紧皱。

又来到堤口，冷风飕飕，他终于开口："对不起，是她救了我，我得去床前守候。"

■ 泪殇

夜寒，泪痕残。一缕戚然，在她眉间闪现。

两年前，她体检，医生诊断："早期胃癌，住院治疗，半年可复原。"她隔壁病房，有一病友叫楠，胃癌晚期，憔悴不堪。他寡言，偶尔和她聊天，得知他擅于模仿笔迹，毫无破绽。

她刚入院那几天，男友围着病床转，情话绵绵。后来，再也没出现。她心伤，泪水涟涟。医生感叹："如此下去，她完蛋！"楠得知，心沉，无眠。午间，俯身在她父母耳畔……

第二天，她收到男友的信件。火热的字眼，她信心满满，他笑意浅浅。

一晃半年，她康复出院，他却离开了人间。她父母含泪塞给她一封信件。她打开心形信笺，惊颤："亲爱的病友，那些信件都是我撰写，请原谅我对你的欺骗，楠。"

她跪在他的墓前，泪沁心瓣，默默流淌。

■ 情幽幽

夜寂，心事，随风飘逸。一泓泪滴，落满地，艾戚的记忆。

初识，雨季。她踏一地春泥，山外三里，喜迎同事黎。黎，文质彬彬，浑身书卷气，见她鞋子裹满泥，忍俊不禁。四目相视，默然欢喜。学校简陋无比，多少老师分配来，不久就调离。

黎的第一个学期，学生们就创造了佳绩——竞赛得了全县第一。黎和她百感交集，甜如蜜。哪料，暴雨冲垮了河堤，学生们往返那里。他们着急，又无计可施。黎叹气："我来背，雨停就修堤。"

翌日，却不见黎的踪迹。听说："他已回城里。"她悲戚。新学期，黎又来了，她惊疑。校长笑眯眯："黎，你那天滑下河堤，幸亏渔民及时救你。"

从此，黎对她若即若离，不再亲昵，她乱发脾气。黎眼神悲戚："医生说我再没生育能力。"

■ 无言的爱

　　琴声绵绵，曲曲清婉，撩人心弦。一场尘缘，冲垮他的防线。

　　爱如藤蔓，盘错纠缠，同学聚会，豪华酒店。席间，一女孩，碎步款款，弹拨琴弦，全场惊艳。

　　琴声似水潺潺，如梦如幻。他献花一束，走上前，她微笑腼腆，点头致谢，却不发一言。服务员解谜团："她天生哑巴，从小在孤儿院，身世可怜。"他有空闲，就去捧场。暖暖的关怀，氤氲爱恋。

　　那天，一栋楼房遇险，只见火焰冲天。他和同事冲入救援。房客脱险，凯旋。

　　突然，顶楼窗，有手语闪现。他腾身攀缘，浓浓的黑烟，劈头盖脸。他将氧气罩给她，一路滑悬。他倒地昏迷，急送医院。医生愕然："他脑部缺氧，危险！"她泪潸，弦弹万遍，奇迹出现。

　　次年，油罐起火，他冲在前面。琴声幽怨，弦断，琴乱。

■ 来生缘

相思河畔，她期待来生缘。悔恨的泪水，湿透枕边。

澜，是她公司老板，独身俊男。她娇柔美艳，已婚两年。单位野炊酒宴，澜和她推杯换盏，呢语缱绻，凌乱心弦。夜半，他偷入她的篷帐，溺爱缠绵。

那天，她正和澜亲吻、搂肩，被他碰见，他却默默走远。她惶恐不安，回家，他神色黯淡："离婚吧，我竟以为是传言……"

第二天，手续办全。"哒哒——"车喇叭直响，澜在门外喊："快点！"突然，整栋楼摇晃，塌陷。"地震！"她大叫澜，澜早已跑远。一块预制板从她头顶坠落，他猛一推，挡在她身前，一股鲜血如喷泉。她大哭，他坦言："别怕，为了你，我啥都甘愿……"他们被救援。他昏迷不醒，紧闭双眼。

澜捧着鲜花赶往医院，蜜语甜言。她抓起花瓣，甩向澜的脸。

■ 缘如故

三月天，烟翠水寒。缘如梦，随风飘散。

细流潺潺，花香绵绵，为寻找灵感，撰写山水画教案。她斜挎画架，来到乡间，爬上大山，临摹山花烂漫。她绽开笑颜，思绪翩翩。

哪料，不小心，失足跌下山岩。绝望的瞬间，一条绳索，甩缠腰间。她冷汗涟涟，睁眼，如梦一般。只见，一身穿黑衣的俊男，站在面前。她惊魂未定，心慌意乱。他微笑，淡然："我是特警队员，正接受潜能训练，今天的课目是下滑和登攀。"

几天后，她又来到山崖边，爱意藏眉弯，眷念映眼帘。为他泼墨的春色画卷，朵朵合欢。

夕阳落山，他也没再露面。她失望，泪湿红笺，形瘦影纤。

第二天，她听到传言，震惊愕然——昨天傍晚，一黑衣男子舍身救人，翻车的多名旅客转危为安。

■ 苦恋

　　一场爱恋，思绪万千。她孤影倚窗，泪潜然。

　　情丝心间缠，无尽挂牵，苍白素笺，翻阅流年。大学的杯盏，盛满琼浆。圣诞节那晚，强约她琴房见面。

　　夜寒，雪花飞旋。已过了相约钟点，她在门外徘徊、辗转。突然，手机响："强出车祸，在医院。"她疾奔医院，打探，医生态度冷淡："你真烦！"他们从此失联。

　　一晃五年。冷弦多情，她素手拨弹。国际比赛，琴声震慑全场，台下掌声绵延。那天，她步履轻曼，重回琴房观看，幽幽琴声传耳畔。她心头一颤，这曲调曾是她和强共谱共弹。

　　推门，只见强，依然俊朗，但眼神黯淡。她上前，泪流满面。强神色冷然："我患眼癌，看不见，那场车祸是个谎言。"

■ 续缘

一场红尘缘，乱心弦。<u>丝丝牵念</u>，柔柔缱绻。

夏日海边。她穿红色比基尼，耀眼。她在水里扑腾扑腾，荡起水波一圈圈，越游越远。他裸露臂膀，斜躺沙滩，慵眠。

"救命……"他机灵一颤，睁开眼——茫茫海面，一红点，若隐若现。他腾身入水，溅起水花一大片。他托她上岸，人工呼吸，刻不容缓。她终于醒来，四目相撞，泪洒，心乱。

地北天南。千里姻缘一"吻"牵，隔不断的山水缠绵，望不尽的沧海桑田。

又是七月天。他们相约老地方。他依然风度翩翩，她依然妙曼美艳。他踌躇上前，神色慌张："我是他的孪生弟弟，一年前，哥因公殉职，撒手人寰……"

白浪拍岸，她泪眼向天。墓前，她抚摸石碑上身着警服的他，泪水涟涟："你的临终遗言，弟弟已兑现……"

■ 守候

一段缘，她苦等许多年。痴念，滴泪成线。月弯如船，她独步河边，岸柳垂帘，水中幻影双双，被风吹散。

那天，他被派往西藏，军令如山。离别瞬间，泪如泉。她强装笑颜："我等你凯旋。"他吻她，随手给她戴上贝壳珠链。

季节兜兜转转，一晃五年。情丝染指缠，琴弦幽夜弹。无尽的思念，落弦间。

中秋夜晚，她又来河畔，取出那串珠链观看。突然，水中叠影两串，漾起涟漪一圈圈。她双眸剪水，蛾眉生烟，猛捶他肩："你终于凯旋，我似乎等了千年。"他轻吻她的泪眼，气喘，缠绵。他在她的耳畔喃喃："我并非凯旋，只是假期回来几天。"

江南，陌上寒烟。她孤单，挂牵。忽然，"嘀嘀"信息留言："宝贝，雪山塌陷，我遇险……"

骤然间，珠链散落地面。

■ 月缺月圆

情愫晕染，午夜的微蓝，如梦如幻。他和她，戚吻在河畔，许下今生的诺言。

两抹微澜，执守着一份爱恋。情丝缠绕心间，柔醉了指尖，柔软了心田。

结婚那晚，花的浪漫、蝶的缱绻，翻过高山，掠过平川，激情缠绵。突然，"嘀嘀"信息闪，他翻身穿衫，灾情泛滥，刻不容缓。他愧疚万千，匆匆说了声："抱歉！"

望夜空，残月高悬。心瓣，飘零在无风的港湾。她轻拾一份淡然，消婚假，提前上班。手术台前，她的心一颤——她认出，绷带间露出她日思夜梦的半张脸。她没哭，也没喊，取镊，递钳，直到手术做完。

轮椅上，他被她推到曾经的河畔，他朝河里一指："你看，月儿多圆……"她捡起石片，用力一投，击起圈圈心的波澜。

爱依然，月色依然，拥醉一怀温婉。

■ 离殇

月临窗，一笺哀婉，怀念。几多酸甜，回忆蔓延。

那天，雨如云烟，氤氲幽梦半帘。他和老婆去郊外游玩，返回天色已晚，正赶上末班车，但人满为患。他们分别从前、后门挤上。他被挤在车厢中间，难动弹。忽然，有一只手悄悄握住了他的，温暖、柔软。他断定那不是老婆的手，多希望车开慢点，再慢点。继而灵光一闪，将自己的名片取出一张，偷偷塞在那只手里面。车到站，他不舍，眷恋。

老婆从另一侧门下车，没有什么异样。

烟雨凉，落地成殇。他们横穿马路时，一辆小车疯似的驰过来，老婆迅雷推开了他。满身是血的老婆，被送往医院。医生摇头，他冲入病房，只见，她的一只手攥成了拳，睁着眼，突然，手松开，一张纸滑落地面，竟是他的名片。

■ 离婚

夜寒，冷风起。昔日相依，化作泪滴。

怡洗涮完毕，在休憩。这时，他拿着离婚协议："你得在上面签字。"怡狐疑："你早知，俺不识字。"他在另一张纸，用端正的小楷，写下怡的名字："你照抄就可以。"怡依葫芦画瓢，歪扭地签上自己的名字，笑得憨憨地。

翌日，一个晴天霹雳。他交给怡一本存折和一个绿皮本，转身离去。

当年，他家一贫如洗，两家是邻居，从小青梅竹马，怡为爱痴迷，辍学打工，一路供给，创建了公司，出人头地。

数月后，他巧遇一美女，蓦然心动："眼神怎么如此熟悉？"主动搭讪，约会，结婚，但她有一小箱子，藏着秘密。临死，才给他钥匙。他急忙打开，只见一本整容病历，还有一张纸，是他的小楷字，上面写着前妻的名字。

■ 一瓣红

一瓣红落素笺，如跳动的火焰。在时光那端，蹁跹，盘旋。

"啊，肚痛。"她从床上滚到地面。阴霾满天。

十五岁的她，被急急送往医院。开刀，导致不孕，身残。梦的珠链，散落云天。

大学班长，楠。将爱恋写成唐诗宋篇，蜜语甜言。她坦诚说出不孕实言。

一页信笺，一封情书，唯剩一个句号，一个圆圈。

春天，她独自来到桃园。一瓣红，飘落，她弯腰去捡。

突然，另一只手拾起，轻轻插入她的发间。四目相碰，心潮微澜。一个美艳，一个俊朗，叙缘，缱绻。他是医院的院长。次年春天，她约他来桃园，鼓起勇气，讲出不孕的真相。

他竟淡然，轻拥她肩："宝贝，当年，我刚刚分到医院，缺少经验，那刀是我开的，我已找你好多年。"

这时，一瓣红飘落，璀璨，耀眼。

■ 无糖咖啡

天寒，北风凉。他穿上厚衣裳，出门，无糖的咖啡，他酷爱品尝。

"老板娘，一杯咖啡，不加糖。"娇甜的声音在耳畔响亮。他不禁抬头望，哇，好俊俏的姑娘。一阵发香，飘扬。四目相撞，心旌荡漾。

自那以后，他们一起喝无糖咖啡，情深意长，陶醉在爱的殿堂。

七夕那晚，相约河边。他准备求婚，紧张，心跳异常。

突然，"嘀嘀嘀"信息响："实话跟你讲，我早已被大老板包养……"他一个踉跄，戒指滑落水中央。

三个月后，他又去喝咖啡，见对面位置空荡，心伤，惆怅。

老板娘对他讲："她昨天来喝咖啡，第一次往里加了糖。听说七夕那晚赴约违章，被车辆轧断了腿，真震撼！拄着个拐杖，憔悴得不成人样。"

他泪淌，夺门而出，疾奔爱的方向。

■ 橘红汗衫

汗衫折皱一叠情愁，橘红点亮他剑眉幽眸。

"哥，快看！"他顺着她嫩若葱白的粉手，瞅见岸柳两只麻雀扑棱欢逗。"扑通"一声他脱光麻溜入水如畅游的泥鳅，她在他汗衫边等太久，麻花辫荡击着担忧。

"接着！"他突然冒头，朝她扔了一根大白藕。她蹦跳去接哪知汗衫被冲走。他裸露被莲刺剐破的伤口，怒气难收，她哽咽在喉。

四季如流淌的沙漏，一晃十几个春秋。她出国进修，他保家卫国步履雄赳赳。她捎去新汗衫欲诉还羞，他将爱写成信字里行间倾透。

鸟儿啁啾依旧，河柳的枝丫颤晃相啄的鸟影盅荡别样的情柔。他旧地重游。"橘红汗衫合身不？"久违的柔音来自他身后。他惊喜拥搂，她挣脱低首："我已有新男友。"

她跑远将恶性肿瘤的化验单揉皱，泪雨湍流。

■ 荷韵

炙热的阳光穿过紫堇，灼亮他等车的焦急眼神。他汗流涔涔。

"帮你扇扇！"绵柔的声音宛如天籁的音韵。他窘愕拘谨。"我和你一起去微山湖。"她娇嗔。他微笑，诙谐的言谈漫逸别样的气氛。

扁舟在绿波中匍匐挺进，粉荷伶仃的烟尘，光斑闪耀莲叶深处叠影恍惚的缤纷。"小心！"她的玉腕被莲刺剐出一道血痕。她泪眼嘤吟，他顿时乱了分寸，轻轻擦拭的湿巾拂开她心窗禁封的一纸经纶。

晚餐时，她找他对饮，黯蠕红唇："我离开是听闺蜜说你跟她定亲。"他怂然的口吻："你真笨。"

青春的枫叶无从定谳经年的络纹。她和闺蜜是他大学同学亲密难分，她如飞鸟在伤心欲绝中飞逝黄昏。

云烟滚滚，牵绊无眠的星辰。他褪下订婚的婚戒抚摸印痕，沿着爱情线寻找缘分该归属的根。

■ 青春祭

她漫步河堤，拾撷记忆的点滴，无限凄迷。父母煤矿出事，年幼的她随奶奶回故里，如小鸟折断羽翼，双眼迷离。同村柱子，常与她嬉戏。同窗六年，他们默然欢喜。

人有旦夕祸福。高二时，奶奶病重去世，她孤苦无依，哭干泪滴。柱子凝咽："别太伤心，十年后，我来照顾你！"柱子辍学打工，暗中资助她学习，她万分感激，发誓长大等柱子来娶。

春季，万花绮丽，杨柳依依。他们夜会河堤，情愫横溢，急促的呼吸……他戛然而止，面红耳赤："现在我不能冒犯你。"草长莺飞的日子，化成一阕阕押韵的小诗。

十年转瞬即逝。他握着一枚秋词，驾车喜滋滋返回故里，欲娶她为妻。她突然藏匿，只发来一条信息："忘记我，我不是你的天使……"

她为救他母亲，烧坏膀臂。

■ 跋

又是一年仲夏。去年 5 月 10 日我通过好友联系上出版社，因疫情影响一直在期待中。上个星期吴洪岩老师告诉我：你的绝句小说集《且听风吟》即将出版印刷。我真是太开心了！就像十月怀胎的宝宝终于呱呱落地那种喜悦。

这部绝句小说集一共 275 篇（全部刊发于海内外报刊），全书围绕亲情、爱情、友情及历史事件、战争风云等多角度撰述，彰显四季景物的更替，并从中折射出特有的绝句气质和小说灵魂。运用诗意的笔调，再现小说情节中的跌宕幽婉，让读者通过一个个精美故事和生动细节，抻开新文体的褶皱，探悉别样的底蕴。如此一来，绝句小说新文体在 275 篇的妙笔抒写下，再次展现出独特的魅力、散发出奇异的光彩。

我一次次翻山越岭采风，一次次构思吟咏，周而复始，不放过或错过任何一个细节。我奔走于乡村阡陌、老街，挖掘那一个个散落在街头巷尾的人文与情感故事。我全身心地投入到绝句小说创作之中，以惟妙的历史故事、历久弥新的爱情、别有况味的风俗情事等构思构架，娓娓道来，并结集成册。初心和本意就是为了多创作一些绝句小说新文体，且在文字的描述与情景交融中，触摸绝句小说的脉动与魅力，也是自己一次次文化苦旅后的思想升华。我陶醉于绝句小说的精短与绝妙，坚守着质朴初心，欲将新文体的精致分享于人，流传于世。

绝句小说新文体是山东纪广洋先生于 2015 年 1 月 5 日创立的。它是现代诗歌与现代小说"混血"嬗变而成的新文体，300 字以内，既要体现小说的描写风格，体现小说的人物、情节和环境三要素，又要体现新诗、现代诗的意境融彻和韵文特色（倡导内韵与外韵的完美结合）；是一种介于小说和诗歌之间，分支流变，前无范文和范例，独立独创的韵文风格、小说格式的新文体。换句话说，就是小说格式的诗化撰述，小说中的"绝句"。相对于小小说、微小说来说，绝句小说是一种全新的文体（涵括诸如"诗化小说""诗小说""小说诗"的类似概念，但又有着独立文体的六大特征），其基本特点和最大区别就在于，字里行间具有绝句风格的节奏感、韵律感和隽绝感。其特征不仅仅是精短的文体、精绝的句式，还务必具有内在的音韵美和节律感。换个角度说，其他小说文体与绝句小说文体的区别，就像散文和散文诗的区别一样。

创立九年以来，绝句小说已遍地开花，频频刊发于国内外报刊，受到国内外编辑和读者的青睐。我无数次彻夜不眠沉浸于绝句小说的创作，置身其中，如痴如醉。在如今快节奏的新时代里，绝句小说新文体的精、短、绝所独具的风格，必将招徕更多文学爱好者的探究与挚

跋

爱。

在此，我要衷心感谢绝句小说新文体创始人纪广洋大哥，感谢他不分昼夜地悉心教导与改稿，感谢他万忙之中为我写序，感谢他不遗余力地无私付出。感谢上饶市作家协会主席石红许，中共玉山县委党史党建研究中心党组书记、主任王起水，玉山文联、玉山作协、玉山民协及好友周红辉、王敏燕、王国军给予我的大力支持与帮助。

囿于水平，本书存在不足与疏漏在所难免，敬请广大读者批评指正。我将把大家的支持、鼓励和批评化为写作的动力，写出更多更好的作品。

是为跋。

邱晓兰

2023 年 7 月 25 日夜